일러바치는 심장

에드거 앨런 포Edgar Allan Poe

1809년, 보스턴에서 포는 태어났다. 아버지는 데이비드 포 주니어, 어머니는 엘리자베스 포. 둘은 순회극단의 배우였다. 배우라는 가면의 삶을 사는 부모를 따라 이곳저곳을 떠돌아야 했던, 정박하지 못하는 삶의 시작이었다. 그마저도 3년이었지만. 포가 태어난 지 얼마 안 돼 가족을 버리고 떠난 아버지가 죽고, 세 살 때 어머니마저 사망하자 포는 부유한 상인이었던 숙부 존 앨런에게 입양된다. 그리고 그의 이름은 '에드거 앨런 포'가 된다. 하나의 이름, 두 개의 성姓을 가진, 또 다른 삶의 시작이었다.

1826년, 포는 버지니아 대학에 입학한다. 그러나 애인이었던 앨미라 로이스터와의 약혼에 실패하자 도박에 빠져들게 되고, 이로 인해 양부와 멀어졌으며, 결국 1개월 만에 학교도 그만두게 된다. 이후 1830년, 포는 양부의 권유로 웨스트포인트 사관학교에 입학하지만 근무태만과 명령 불복종으로 얼마 안 돼 퇴학당하고, 그 사이 증폭된 갈등으로 양부에게 파양까지 당하고 만다. 이후 고모인 마리아 클렘과 함께 살며 경제적 궁핍으로 고통받던 포는 1833년 〈병 속의 수기〉가 볼티모어 위클리 공모전에 당선되어 주목받기 시작하는 한편, 열세 살이었던 사촌 여동생 버지니아 클렘과 결혼, 그의 생애 중 그리 길지 않은 행복한 시기를 맞게 된다. 대표작인 〈모르그가의 살인사건〉 〈마리 로제 살인사건의 수수께끼〉 〈황금 벌레〉 〈검은 고양이〉 등을 발표한 것도, 그를 '전국적인 문제시인'으로 만들어준 시 〈까마귀〉를 발표한 것도, 신랄한 비판으로 문단과 끊임없이 부딪히긴 했지만 활발한 평론 활동을 펼친 것도 바로 이 시기였다. 그러나 10년 남짓한 행복의 시간은 버지니아가 폐결핵에 걸리면서 끝나버리고 만다. 포는 절망 속에서 폭음을 하기 시작하고, 1847년 버지니아가 사망하자 극심한 우울증과 함께 알코올중독에 걸린다. 2년 후, 재기를 꿈꾸며 미망인이 된 앨미라 로이스터와 다시 약혼을 결정, 고모이자 사별한 아내의 어머니인 마리아 클렘을 약혼식에 모시러 가던 중 볼티모어의 한 거리에서 술에 만취된 채 의식불명 상태로 포는 발견된다. 그리고 이튿날, 1849년 10월 7일 새벽, 마흔의 나이로 사망한다.

포는 잠시지만, 부유한 양아버지 덕분에 풍족한 삶을 살았고, 남부럽지 않은 교육을 받기도 했다. 그러나 죽음으로 인한 부모와의 분리와 두 개의 성이라는 존재의 분리가 만들어낸 불안을 끝내 벗어날 수는 없었다. '단편소설의 창시자', '추리소설의 창시자', '근대 환상문학의 창시자', '공상과학소설의 선구자', '공포소설의 완성자', '풍자소설의 대가', '미국 낭만주의 문학의 대표자' 그리고 '새로운 문학 이론의 정초자'로 평가 혹은 찬양받는 그의 소설이 그 자신의 표현처럼 '도착적인 심리'로, 어둠과 우울로, 불안과 신경증으로, 광기와 분열로 점철된 것은 그리하여 당연한 것이기도 하다. 보들레르나 말라르메 같은 유럽의 작가들에겐 당대에 이미 그 천재성을 인정받았고, 한 세기 뒤 자국에서도 '미국 문학의 새로운 미와 전율을 창조'해낸 작가로 평가받았지만, 정작 자신은 분리의 불안을 떨치기 위해 끊임없이 '다른 어떤 곳'을 꿈꾸며 살아야 했던 '비참한 영광'의 작가. 그가 에드거 앨런 포다.

박미영 옮김

일러바치는 심장

에드거 앨런 포의 소설

— 차례

어셔가의 몰락

그의 마음은 허공에 매달린 류트
손길이 닿는 순간 울려 퍼지네
_드 베랑제

구름이 무겁게 내리깔려 칙칙하고 어둡고 적막한 어느 가을날, 나는 말을 타고 그야말로 음산한 시골길을 홀로 가고 있었다. 그리고 저녁 땅거미가 질 무렵 마침내 어셔가의 음울한 저택이 시야에 들어왔다. 어째서인진 모르겠지만 건물이 눈에 들어오는 순간 견딜 수 없는 우울함이 내 정신에 파고들었다. 견딜 수 없다고 한 것은, 아무리 지독하게 황량하거나 끔찍한 자연 풍경에서라도 인간 심리는 시적이고 감상적인 반쪽짜리 즐거움을 얻게 되어 있는데, 여기선 그 기분이 꿈쩍도 하지 않았기 때문이다. 나는 눈 앞에 펼쳐진 풍경을 바라보았다. 덩그러니 선 저택, 덤덤한 풍경의 부지, 황량한 벽, 텅 빈 눈 같은 창문들, 웃자란 풀숲, 그리고 허옇게 말라죽은 나무 둥치를 바라보고 있자니 영혼을 짓누르는 그 우울함이란 아편의 환락에서 깨어나 일상으로 돌아온 씁쓸한 상실감, 베일이 벗겨지고 드러날 때의 끔찍함보다 더 적절하리만큼 비교할 만한 세속적 감각이 없었다. 가슴 속엔 얼음처럼 차갑고 무겁게 가라앉는 메스꺼움이 자리했다. 어떤 상상력으로도 숭고한 그 무언가로는 꾸며낼 수 없는 구제 불능의 황량함이었다. 뭘까? 어셔가 저택의 무엇이 나를 이리도 심란하게 만드는 것일까? 나는 잠시 생각했다. 모두 다 풀 수 없는 수수께끼였다. 또한 이렇게 상념에 잠긴 사이 나를 둘러싼 어두운 상상들과 맞서 싸울 수도 없었다. 우리에게 영향을 미치는 아주 단순한 자연물의 조합이 있음은 분명하나, 그 영향력을 분석하는 일은 여전히 우리의 능력 밖이라는 불만족스러운 결론으로 돌아갈 수밖에 없었다. 광경을 구성하는 요소를, 그림의 세부 사항을 그저 다르게 조합하기만 해도 그 서글픈 인상을 주는 영향력을 바꾸거나 제거하기에 충분할 것이다. 그런 생각을 품고 나는 말을 몰아 저택 근처 잔잔히 빛나는 검고 으스스한 호숫가로 다가가 내려다보았다. 그리고 아까보다 더한 오싹함에 몸이 떨리는 가운데 잿빛 풀숲과 귀신같은 나무둥치, 텅 빈 눈 같은 창문 등 물 위에 재구성된 뒤집힌 이미지

들을 바라보았다.

이 우울한 저택에서 나는 몇 주간 머물 계획이었다. 저택 주인인 로더릭 어셔는 어린 시절 죽마고우였지만, 마지막으로 만난 지 여러 해가 흘렀다. 그런데 최근 나라 안 먼 곳에 있는 내게 어셔가 보낸 편지 한 통이 도착했고, 그 심히 성가신 내용에 직접 답할 수밖에 없었다. 손글씨에는 신경질적인 예민함이 고스란히 드러나 있었다. 그는 격심한 신체적 질병을, 자신을 억누르는 정신 이상을 호소하고, 제일 친할 뿐만 아니라 유일한 친구인 내가 곁에 있으면서 자신을 즐겁게 해주면 병세가 덜해지리라고 했다. 그 사연을 말하는 방식, 그리고 무엇보다도 그 부탁에 담긴 분명한 진심에 나는 주저할 여지가 없었다. 그래서 나는 참으로 희한한 호출이라고 여겼지만 그에 따를 수밖에 없었다.

소년 시절 무척 친밀한 사이기는 했으나 나는 사실 이 친구에 대해 아는 바가 거의 없었다. 어셔는 늘 지나치게 그리고 습관적으로 자신을 드러내지 않았다. 하지만 나는 그의 유서 깊은 가문이 오래전부터 특이한 감수성을 가지고 있음을 알고 있으며, 오랜 세월에 걸쳐 수많은 위대한 예술 작품을 통해 드러냈음도 알고 있었다. 또한 최근에는 후하지만 드러내지 않는 자선 활동을 거듭했고, 정통적이면서도 쉽게 알 수 있는 아름다움보다는 복잡한 음악에 열성적으로 헌신한 데서도 드러났다. 또한 어셔가 일족이 오랜 전통을 이어왔음에도 불구하고 이제까지 방계가 없었다는, 즉 가문 전체가 직계로만 이어져 왔으며 사소하거나 일시적인 변화는 있었을지언정 늘 그런 식이었다는 아주 특징적인 사실을 알게 되었다. 가문의 특성과 완벽하게 일치하는 영지의 특성을, 그리고 오랜 세월 여러 세기에 걸쳐 한쪽이 다른 쪽에 미쳤을 영향에 대해 생각하고 있자니 이러한 방계의 결핍이, 그리고 그 결과 아버지에게서 아들로 이름과 함께 한 갈래로 물려 내려온 예스럽고 다의적인 호칭인 '어셔가'가 결국 그렇게 부르던 농민들의 뇌리에선 가문과 저택 둘 다 포함하는 호칭이 되었으리라 여겨졌다.

호수를 내려다보는 유치한 실험의 유일한 결과는 그 별난 첫인상을 강화했을 뿐이라고 앞서도 말했지만, 미신이라고밖에 달리 말할 수 없는 그것이 빠르게 증가한다고 의식할수록 그 속도는 더욱더 빨라질 뿐이라는 건 분명하다. 그것이 공포를 기반으로 한 모든 감정의 역설적 법칙임을 나는 이미 알고 있었다. 그리고 아마도 단지 그 이유에서 내가 물에 비친 이미지로부터 고개를 들어 저택을 바라보았을 때 뇌리에 기묘한 공상이—너무 황당해서 나를 지배했던 그 생생한 감정의 위력을 설명하고자 하는 목적으로 언급했을 뿐인 그것이 자꾸 커졌다. 그 상상에 너무나 사로잡혀 저택과 영지 전체 주위에만 독특한 공기가, 천국의 공기와는 전혀 공통점이 없는 부패한 나무와 잿빛 벽, 그리고 고요한 호수에서 풍기는 탁하고 물컹하며 희미하게 보일 듯한 납빛의 독하고 기묘한 증기가 휘감고 있다고 정말로 믿을 지경이 되고 말았다.

괜한 망상을 뇌리에서 털어내고, 나는 건물의 실제 모습을 좀 더 세심히 살폈다. 가장 주된 특징은 대단히 오래되었다는 점인 듯했다. 세월로 인한 변색이 엄청났다. 곰팡이가 외관 전체를 덮고, 처마에는 가는 거미줄이 뒤엉켜 매달려 있었다. 그러나 심하게 폐허가 되었다고는 할 수 없었다. 저택 어디도 무너진 곳은 없었다. 그리고 여전히 완벽하게 개조된 부분과 부서져 가는 개별 석재 상태가 크게 따로 노는 듯했다. 이런 면에서 바깥 공기가 유입되지 않는 어느 방치된 저장고에서 한참 썩어 들어간 오래된 목공품의 외양만 멀쩡한 면모를 연상시키는 데가 있었다. 하지만 전반적인 쇠락의 징후를 제외하면 구조 자체는 끄떡없어 보였다. 어쩌면 예리한 눈으로 살펴보면 건물 전면의 지붕에서부터 지그재그로 벽을 타고 내려와 음울한 호수 속으로 사라지는 간신히 보일 듯 말 듯 한 균열을 찾아낼지도 모른다.

이런 것들을 살피며 나는 저택으로 향하는 짧은 둑길로 말을 달렸다. 대기하고 있던 하인이 내 말을 끌고 가고, 나는 고딕풍 아치문을 지나 홀로 들어섰다. 거기서부터 살금살금 걷는 시종 하나가 말없이 나를 안내하여 어둡고 복잡한 복도를 수없이 지나 주인의 작업실로 향했다. 어째서인지 모르겠지만 가던 중에 맞닥뜨린 것 상당수가 이미 언급한 막연한 기분을 고조시키는 데 일조했다. 천장의 조각 장식, 벽에 걸린 칙칙한 태피스트리, 새까만 바닥, 그리고 걸을 때마다 덜걱덜걱 소리를 내는 몽상 같은 가문의 문장 트로피 등 주위를 둘러싼 물건들이 내 유년 시절부터 익숙했던 것들이라(비록 이 모든 게 얼마나 익숙한지 인정하지 않으려 망설였지만) 여전히 이 평범한 모습들이 얼마나 낯선 공상을 불러일으키는지 신기할 정도였다. 계단에서 가족 주치의와 맞닥뜨렸다. 의사의 표정에 저열한 교활함과 당혹스러움이 섞여 있는 것 같다고 나는 생각했다. 의사는 당황한 듯 내게 인사를 하고 지나쳤다. 시종은 이제 문을 열어젖히고 나를 자기 주인에게 안내했다.

내가 들어선 방은 굉장히 크고 천장 또한 높았다. 창문은 길고 좁았고 끝이 뾰족했으며, 검은 오크 소재 바닥으로부터 아주 높은 곳에 나 있어 안에서는 아예 손이 닿지 않았다. 희미한 붉은 빛이 격자창을 통해 들어와 주위의 두드러진 물건들을 더 또렷하게 비추었다. 하지만 방 안 저 먼 구석이나 반복적인 문양이 새겨진 둥근 천장은 애를 써도 눈에 제대로 들어오지 않았다. 벽에는 짙은 커튼이 드리워져 있었다. 일반적인 가구들이 놓여 있었으나 편안함은 없었고, 오래되었으며 헤져 있었다. 책과 악기가 여기저기 흩어져 있었으나 그 광경에 생기를 불어넣지는 못했다. 마치 슬픔의 공기를 호흡하는 기분이었다. 엄숙하고, 깊고, 돌이킬 수 없는 음울함이 드리워져 모든 것에 배어 있었다.

내가 들어서자 어셔는 길게 누워 있던 소파에서 일어나 생기 넘치는 인사로 나를 맞이했다. 처음에는 지나치게 서글서글하게 구는 것이 권태로움에 빠진 이의 의식적인 노력이라고만 여겼다. 하지만 그의 얼굴을 보니 진심 그 자체임을 확신하게 되었다. 우리는 자리에 앉았고, 어셔가 아무 말도 하지 않는 사이 나는 반은 동정심을, 반은 경외심을 갖고 그를 바라보았다. 정말이지 이렇게 짧은 기간 동안 이 정도로 끔찍하게 변모한 사람은 로더릭 어셔밖에 없을 것이다! 내 앞에 있는 사람이 어린 시절의 벗과 동일 인물임을 인정하기 힘들 정도였다. 그러나 그의 얼굴 특징은 늘 그랬듯이 굉장했다. 시체 같은 안색, 비할 데 없이 빛나는 크고 촉촉한 눈, 얇고 핏기는 없지만 빼어나게 아름다운 입매, 유대인 같은 섬세한 코에 그런 조합에서는 드물게 넓은 콧구멍, 훌륭한 골격의 턱은 두드러지지 않았고, 도덕적 에너지가 부족해 보였다. 머리는 거미줄보다 더 부드럽고 가늘었다. 이러한 요소들이 관자놀이 위쪽 부분의 넓은 이마와 함께 전반적으로 쉽게 잊을 수 없는 얼굴을 이루었다. 그리고 지금은 예전 이목구비의 특징과 그걸 전달하는 표정이 강화

되었을 뿐인데도 너무나 많이 달라져 내가 이야기하는 상대가 누군가 싶을 정도였다. 그리고 이제 시체처럼 창백한 피부와 기묘하게 번뜩이는 눈이 무엇보다도 더 놀랍고 무섭기까지 했다. 비단결 같은 머리 역시 온통 엉킨 채 길게 늘어져 제멋대로 하늘거리는 질감이 얼굴 주위로 흘러내렸다기보다는 둥둥 떠 있는 듯했다. 아무리 애를 써도 그 복잡한 표정을 단순한 인간성과 연결 지을 수 없었다.

나는 친구의 태도에 논리적 일관성이 없음을 금세 깨달았고, 곧 과민한 신경증으로 인한 습관적 떨림을 억누르려는 미약하고 부질없는 노력에서였음을 알게 되었다. 이런 경향에 대해선 다름 아닌 어셔의 편지를 통해, 그리고 어린 시절의 몇 가지 특질과 그의 특이한 신체 구조와 체질을 통해 이미 짐작하던 바였다. 어셔는 생기 넘치게 굴다가 우울해지기를 반복했다. 목소리는 생기가 완전히 떨어져 보일 때는 부들부들 떨며 머뭇거리다가도 활기 있고 간결하게 바뀌는가 하면, 또 무뚝뚝하고 진중하고 차분하게 잘 울리는 목소리로 말하다가, 술꾼이나 구제 불능의 아편 중독자가 한창 흥분했을 때의 무겁고 균형 잡힌 잘 조율되어 목에서 울려 나오는 소리가 되기도 했다.

그런 식으로 어셔는 나를 부른 목적을 설명했다. 간절히 내가 보고 싶었으며 마음의 위안이 될 거라고 했다. 본인이 생각하는 자신의 병에 대해서도 꽤 오래 이야기했다. 체질상 가족력이며, 치료법은 찾기를 포기했다고 했다. 그러더니 금방 지나갈 신경증일 뿐이라고 덧붙였다. 일련의 부자연스러운 감각을 통해 병의 증상이 드러난다고 했다. 그의 설명을 들어보니 몇 가지는 흥미롭고 희한했다. 다만 어쩌면 용어와 전반적인 화법이 중요한지도 모르겠다 싶었다. 그는 병적으로 과민한 감각으로 고생하고 있었다. 최대한 밍밍하게 한 음식 정도라야 견딜 수 있고, 옷은 특정 직물로 된 것만 입을 수 있었다. 꽃 냄새는 전부 거슬렸다. 아주 희미한 빛에도 눈이 고통스러웠고 공포를 불러일으키지 않는 소리는 일부 현악기 소리뿐이었다.

어셔는 별난 공포에 사로잡혀 있었다. "나는 이제 죽어. 이 비참한 어리석음으로 죽을 거라고. 다른 게 아니라 바로 그렇게 끝나고 말 거야. 미래의 일이 두려워. 그 자체보다는 결과가 말이야. 아무리 사소한 사건일지라도 이 견딜 수 없이 동요하는 영혼에 미칠 영향을 생각하면 몸서리가 쳐져. 정말이지 위험 자체는 전혀 거리끼지 않아. 그 절대적인 결과인 두려움 말고는. 이렇게 무기력하고 비참한 상태로 두려움이라는 음산한 유령과의 싸움 끝에 삶과 이성을 전부 버려야 할 때가 곧 올 거라는 기분이 들어."

또한 드문드문 흘러나오는 끊어지고 미심쩍은 단서

들을 통해 어셔의 정신 상태의 다른 특징도 알게 되었다. 그는 본인이 사는 저택에 대해 어떤 미신적인 인상에 사로잡혀 있었고, 그래서 여러 해 동안 한 번도 밖에 발을 내디딘 적이 없었다. 여기 다시 옮기기에는 너무 애매한 표현들을 통해 어셔는 그 미신적인 위력, 가문의 저택 형태와 몇몇 독특한 점이 그 잿빛 벽과 탑, 거기서 내려다보이는 어둑한 호수가 그의 정신에 미친 영향을 이야기했다.

하지만 어셔는 주저하면서도 본인에게 영향을 미친 별난 우울한 기분의 상당 부분은 더 자연스럽고 훨씬 분명한 원인에서일지도 모른다고 인정했다. 세상에 남은 단 하나뿐인 혈육이자 오랫동안 유일한 벗이었던 사랑하는 누이가 오랜 중병에 시달린 끝에 결국 죽음을 기다리고 있기 때문이었다. "누이가 사망하면 (절망적이고 허약한) 내가 유서 깊은 어셔가의 마지막 한 명이 되겠지." 그는 결코 잊지 못할 씁쓸함을 담아 말했다. 말하는 사이 그의 누이 레이디 매들린이 천천히 방 저쪽 편을 지나갔고, 내 존재를 알아채지 못한 채 나갔다. 나는 두려움이 섞이지 않았다고는 할 수 없는 놀란 마음으로 그녀를 쳐다보았다. 하지만 그런 기분이 든 이유는 설명할 수 없었다. 그녀의 뒷모습을 눈으로 좇고 있자니 무감각한 기분이 나를 짓눌렀다. 마침내 그 뒤로 문이 닫히자 내 눈길은 본능적으로 어셔에게 향했다. 그는 양손에 얼굴을 묻고 있었고 손가락 사이로 새어 나오는 뜨거운 눈물은 그저 평범한 병 때문만은 아니리라고 짐작되었다.

레이디 매들린의 병은 오랫동안 의사들을 난감하게 했다. 고정된 냉담함, 점점 축나는 기력, 그리고 빈번하지만 일시적인 부분 강직증이라는 드문 진단이 내려졌다. 이제까지 그녀는 병마의 압박에 꾸준히 버텨왔고 자리에 눕는 지경까지 가진 않았다. 그러나 내가 저택에 도착한 날 저녁 무렵, 그녀는 파괴자의 힘에 굴복하고 말았다(그날 밤 동요한 어셔가 내게 말해주었다). 그리고 그 전에 얼핏 본 그녀의 모습이 아마 내겐 마지막일 것이며, 살아서는 다시 보지 못하리라는 것을 알았다.

그 이후 며칠 동안 어셔나 나나 그녀의 이름을 입 밖에 내지 않았다. 그리고 이 기간 동안 나는 친구의 우울증을 덜어주려 바삐 애썼다. 우리는 함께 그림을 그리고 책을 읽었다. 혹은 어셔가 즉흥으로 연주하는 거친 기타 연주를 꿈속에서처럼 들었다. 그리하여 더 가깝고 친밀한 사이가 되어 어셔의 정신 깊숙이까지 거침없이 들어갈수록 타고난 천성처럼 그치지 않고 어둠으로 온갖 정신적 그리고 물리적 세계에 들이붓는 사람의 마음을 밝게 하려는 시도가 얼마나 헛된지 나는 더욱더 쓰라리게 자각하게 되었다.

어셔가의 주인과 단둘이 보낸 그 엄숙한 시간은 언제까지나 기억할 것이다. 그러나 어셔가 나를 끌어들인,

혹은 나를 이끈 그 학문, 또는 작업이 정확히 어떤 성질의 것이었는지는 전할 수가 없다. 들뜨고 지극히 불온한 이상주의가 모든 것에 유황색 광채를 흩뿌렸다. 어셔가 즉흥적으로 부른 긴 만가는 영원토록 내 귓가에 울릴 것이다. 그중에서도 폰 베버의 마지막 왈츠를 변형시키고 증폭시킨 연주가 특히 아프게 마음에 남았다. 어셔의 그림들은 정교한 상상력으로부터 태어나 붓질 하나하나가 더욱 연유를 알 수 없게 하는 모호함으로 빠져들게 하였으며, 나는 거기서 글로 쓰인 극히 일부의 범주를 넘어선 무언가를 끌어내려 했으나 허사였다. 그 전적인 단순성, 생생한 날것의 디자인을 통해 어셔는 사람의 눈길을 사로잡고 위압했다. 인간이 관념을 그려낸 자가 있다면 바로 로더릭 어셔일 것이다. 최소한 그런 환경에 둘러싸여 있던 나로서는 그 우울증 환자가 화폭에 쏟아낸 순수한 추상에서 참을 수 없게 강렬한 경외감이 치밀어 올랐고, 분명 눈부시기는 하나 지나치게 구체적인 푸젤리의 몽상에서 느낀 것은 거기 비하면 그림자에도 미치지 못했다.

친구의 환상적인 그림 중 하나는 너무 지나치게 완고한 추상화는 아니라서 부족하나마 말로 풀어볼 수 있을지도 모른다. 작은 그림이었는데 엄청나게 길고 직사각형인 지하실 또는 터널 내부를 그린 것으로, 매끄럽고 하얀 벽에 아무런 장애물이나 장치가 없었다. 구도상 특정한 보조적인 부분을 통해 이 굴이 지면 아래에 있음을 충분히 드러내고 있었다. 그 드넓은 굴 어디에도 출구는 보이지 않았고, 횃불이나 여타 인공적인 불빛 또한 눈에 띄지 않았다. 그러나 강렬한 광선이 전체적으로 퍼져 오싹하고 어울리지 않게 눈부셨다.

앞서 어셔에겐 특정 현악기 소리를 제외하고 모든 음악을 견딜 수 없는 청각 신경상의 병적 문제가 있다고 말한 바 있다. 그러므로 그의 환상적인 기타 연주는 그를 옭아맨 제약 때문일 수도 있다. 하지만 그의 열정적인 즉흥연주는 그렇게만 설명할 수 있는 것이 아니었다. 그 선율 및 열광적인 환상곡의 가사(그는 종종 운율에 맞춰 가사를 즉흥으로 지어내곤 했다)는 특정한 인공적 흥분이 최고조에 이르렀을 때만 보인다고 내가 언급했던 강렬한 정신적 침착성과 집중력의 결과임이 틀림없다. 이런 광시곡 중 한 곡의 가사를 나는 기억하고 있다. 어셔가 그 노래를 불러주었을 때 내가 더욱 강력하게 감명받은 이유는 아마도 그 신비한 가사의 의미 아래 처음으로 어셔의 위풍당당한 이성이 그 왕좌 위에서 흔들리고 있음을 본인이 온전히 자각하고 있다고 느껴졌기 때문일 것이다. '유령의 궁전'이라는 제목의 그 노래 가사는 다음과 같으며, 정확하지는 않을지 몰라도 거의 맞을 것이다.

I.

착한 천사들이 자리한
녹음이 우거진 우리 계곡에
아름답고 웅장한 궁이
빛나는 궁이 고개를 들었지.
생각이 지배하는 그 왕국에
궁전이 서 있었네.
천사가 펼친 날개 아래
그 절반만큼이라도 아름다운 것이 있었던가.

II.

궁전 지붕 위에 펄럭이고 나부끼는
노란 깃발들은 영광스러운 금빛
(이 모든 것은 아주 오랜 옛날 일이라)
그리고 그 사랑스러운 날에
깃발을 희롱하던 그 온화한 공기는 모두
깃털 장식한 창백한 성벽을 따라
날개 달린 향기와 날아가 버렸지.

III.

그 행복한 골짜기의 방랑자들은
두 개의 눈부신 창문 너머로 보았지.
류트의 잘 조율된 선율에 맞춰

왕좌 주위를 빙글빙글 맴돌며
음악처럼 움직이던 요정들
그 왕좌에는 고귀한 분이 앉아 있었네.
그 영광에 걸맞은 모습을 한 왕국의 지배자가.

IV.

그리고 온통 진주와 루비가 반짝이는
아름다운 궁전 문으로
영원토록 눈부시게 빛나는 메아리 한 무리가
살랑, 살랑, 살랑 흘러나왔지
그들의 달콤한 의무라고는 노래뿐
아름다움을 초월한 그 목소리로
왕의 기지와 지혜를 노래하네.

V.

하지만 슬픔의 옷을 입은 사악한 것들이
왕의 드높은 자리를 공격했네
(아, 애도하세. 그에겐 이제
내일이 찾아오지 않을 것이니, 쓸쓸하게도!)
그리고 그의 궁 주위로
발갛게 피어났던 영광은
이제 희미하게 기억될 뿐인
묻혀버린 옛날이야기.

VI.

이제 그 골짜기 안 여행자들은
붉은 불 밝혀진 창을 통해
불협화음의 곡조에 맞춰
환상적으로 움직이는 거대한 형체를 본다네.
그사이 빠르고 무시무시한 강처럼
창백한 문을 통해
끔찍한 무리가 영원토록 쏟아져 나오며
웃음을 터트리네—하지만 더 이상 미소는 없으리.

이 노래에서 보이는 암시는 어셔의 의견을 명백하게 드러내는 일련의 사상으로 이어지며, 이 의견에 대해서는 참신함이 아니라(다른 사람들 왓슨, 퍼시발 박사, 스팔란자니, 그리고 특히 랜다프 주교: 《화학 에세이》 5권 참조—원주 역시 그렇게 생각한바 있으므로) 그가 의견을 고집스레 내세우는 바람에 내가 언급한바 있었음을 분명히 기억한다. 이 의견에 따르면 모든 식물에는 지각이 존재한다는 것이다. 하지만 그의 흐트러진 공상 속에서 그 발상은 좀 더 대담한 양상을 취했으며, 특정 상황에서는 무생물의 영역으로 넘어갔다. 나로선 그의 주장의 전체 내용을, 또는 막무가내로 밀어붙이는 태도를 뭐라 표현할 수 없다. 하지만 그 믿음은 (내가 앞서 암시했듯이) 그의 조상 대대로 내려오는 그 저택의 잿빛 돌들과 관련되어 있다. 여기서 돌들의 배치에 의해, 그 배열순서와 그 위에 피어난 수많은 곰팡이, 그리고 주위를 둘러싼 썩은 나무들에 의해, 그리고 무엇보다도 이 배열이 흐트러짐 없이 오래도록 지속되고 호수의 잔잔한 물 위에 드리워져 복제되었기에 그 지각의 환경이 조성되었다고 어셔는 상상했다. 그 지각의 증거는 물과 벽 주위 공기의 점진적이지만 확실한 응축을 통해 드러난다고 그는 말했다(그리고 나는 이 대목서 화들짝 놀랐다). 몇 세기에 걸쳐 그의 가족의 운명을 결정지어온, 그리고 지금 내 눈에 보이는 그의 모습을, 어셔 본인을 만든 고요하지만 성가시고 끔찍한 영향으로부터의 결과를 발견할 수 있다고 그는 덧붙였다. 그런 의견에 뭐라 덧붙이기 뭣해서 나는 아무 말도 하지 않았다.

우리 책—다년간 이 병자의 정신 상태에 적지 않게 영향을 미쳤을 책들은 짐작할 수 있겠지만 그런 몽상의 성격과 일치했다. 그레세의 〈수녀원 앵무새〉와 〈샤르트뢰즈 수도원〉, 마키아벨리의 《벨페고르》, 스베덴보리의 《천국과 지옥》, 홀베르의 《니콜라스 클림의 지하 여행》, 로버트 플러드, 장 댕다지네, 드 라 샹브르의 《수상술》, 티크의 《저 멀고 푸른 곳으로의 여행》, 캄파넬라의 《태양의 도시》 등을 함께 탐닉했다. 우리가 제일 좋아했던 책은 도미니크회 신부 에머릭 드 지론의 작은 8절판 책 《이단 심문 안내서》였다. 그리고 폼포니우스 멜라가 옛날 아프리카의 사티로스와 아이기판에 대해 쓴 글을 두고 어셔는 몇 시간씩 앉아 몽상하곤 했다. 그러나 그가 가장 반색했던 것은 아주 희귀하고 신기한 4절판 고딕 책으로 잊혀진 교회의 기도서인《마인츠 교회의 망자를 위한 철야기도》였다.

그러니 어느 날 저녁 어셔가 난데없이 레이디 매들린이 세상을 떴다고 통보하며 그 시신을 (매장하기 전까지) 보름 동안 건물 본관에 있는 수많은 지하실 중 한 곳에 보존하겠다는 뜻을 밝혔을 때, 나로선 그 책에 실린 황당한 의식과 그것이 신경증 환자에게 미쳤을 영향을 생각하지 않을 수 없었다. 하지만 이 특이한 절차의 세속적 이유에 내가 뭐라 반박할 여지가 없어 보였다. 망자의 병이 희귀한 데다, 의료진의 주제넘고 열성적인 몇몇 질문, 그리고 가족 묘지가 멀고 흙이 드러나 있기 때문에 그런 결심에 이르렀다고(본인 말로는) 했다. 내가 저택에 도착했던 날 계단에서 만난 이의 불길한 얼굴을 떠올리자니, 그래봤자 해로울 것 없고 어떻게 봐도 부자연스럽다고 할 수 없는 조치에 반대할 마음이 들지 않았다.

어셔의 요청에 따라 나는 가매장 준비를 거들었다. 시신은 입관 절차를 마쳤고, 단둘이 안치 장소로 관을 운반했다. 우리가 관을 갖다 놓은 지하실은(하도 오랫동안 폐쇄되어 있던 곳이라 그 답답한 공기에 우리 횃불이 반쯤 사그라들어 둘러볼 기회가 없었다) 작고 눅눅하며, 빛이 들어올 틈이라곤 전혀 없었고, 내가 자는 방 바로 아래 깊은 지하에 있었다. 먼 옛날 봉건시대에는 지하감옥이라는 최악의 목적으로, 후대에는 화약이나 그 외 가연성 높은 물질을 보관하는 곳으로 쓰인 모양이었다. 그 바닥과 거기로 이어지는 긴 아치형 복도의 내부 전체가 꼼꼼하게 구리로 덮여 있었다. 거대한 철문 역시 비슷한 방식으로 보호장치가 되어 있었다. 그 엄청난 무게로 인해 문을 열 때면 경첩에서 유달리 날카로운 쇳소리가 났다.

이 공포의 방에 있는 받침대 위에 슬픔의 짐을 내려놓고, 우리는 아직 봉하지 않은 관 뚜껑을 약간 틀어 안에 든 이의 얼굴을 내려다보았다. 남매 사이에 놀랄 만큼 닮은 점이 처음으로 내 눈길을 끌었다. 내 생각을 알아챈 모양인지 어셔가 고인과 자신이 쌍둥이였으며, 이성적으로 설명하기 어려운 공감대가 둘 사이에 존재했다는 내용의 말을 중얼거렸다. 하지만 우리의 시선은 고인에게 오래 머물러 있지 않았다. 보면 두렵지 않을 수가 없었기 때문이다. 한창 젊을 때 그녀를 죽음으로 데리고 간 질병은 강직증 성격을 띤 모든 병이 그렇듯이 가슴과 얼굴에 거짓된 희미한 홍조를 남겼고, 죽은 이의 얼굴에서 찾아보기엔 너무나 끔찍한 수상스러운 미소가 입술에 맴돌고 있었다. 우리는 관뚜껑을 덮고 못을 박은 후 철문을 닫고 우울하기로는 막상막하인 저택 위쪽의 우리 방으로 힘겹게 올라갔다.

그리고 이제 쓰라린 슬픔의 며칠이 지나고 나자 주목할 만한 변화가 친구의 정신 상태에 드러났다. 그의 평소에 보이던 태도가 사라졌다. 평소 하던 일을 무시하거나 잊어버렸다. 그는 이 방 저 방을 조급하고 불규칙한 발걸음으로 하릴없이 배회했다. 안색은 어떻게 그럴 수 있을까 싶게 더 죽은 사람 같아졌고, 번뜩이던 눈빛 역시 완전히 스러졌다. 이따금 허스키했던 목소리는 더는 들을 수 없었고, 마치 극단적인 두려움에 사로잡힌 듯 덜덜 떠는 말투가 됐다. 정말이지 어셔의 그치지 않는 초조한 정신 상태가 뭔가 무거운 비밀에 힘겨워하며, 그걸 털어놓기 위해 용기를 내려 고군분투하는 게 아닐까 싶은 생각이 들 때도 여러 번 있었다. 또 때로는 모든 것이 그저 광기로 인한 설명할 수 없는 기행으로 여길 수밖에 없기도 한 것이 어셔가 무슨 상상의 소리라도 듣는 듯 골똘히 허공을 응시하고 있는 모습을 보였기 때문이다. 그의 상태가 나를 두렵게 하고 영향을 미친 것은 어쩌면 당연한 일이었다. 어셔의 환상적이면서도 인상적인 미신이 느리지만 확실하게 슬슬 내게도 영향을 주는 것이 느껴졌다.

레이디 매들린을 지하실에 두고 온 지 이레인가 여드레째 되던 날 밤 잠자리에 들었을 때, 특히 그 기분의 위력을 전적으로 느꼈다. 잠은 오지 않고 시간은 점점 흘러만 갔다. 나를 지배한 불안함을 이성으로 쫓아내려 애썼다. 내 기분이 전부는 아니더라도 어느 정도는 칙칙한 실내 가구들의 영향 탓이라고, 몰려오는 폭풍의 숨결에 이리저리 흔들리며 침대 장식에 스쳐 심란한 소리를 내는 짙은 색의 낡은 커튼 탓이라고 믿으려 애썼다. 하지만 내 노력은 허사였다. 억누를 수 없는 떨림이 점차 몸을 점령했고, 마침내 그야말로 이유 없는 경계심이 몽마처럼 내 가슴을 짓눌렀다. 헐떡이며 몸부림쳐 그걸 떨쳐냈고, 베개 위에서 몸을 일으켜 방 안의 시커먼 어둠을 응시하며 본능적인 영감이라고밖에 할 수 없는 이유로 귀를 기울였다. 뭔가 낮고 불분명한 소리가 폭풍이 잦아드는 중간중간 들려왔으나 어디에서 나는 소린지 알 수 없었다. 설명할 수도 견딜 수도 없는 지독한 공포에 짓눌려 나는 다급히 옷을 걸치고(더 자기는 틀렸다 싶었기에) 방 안을 이리저리 돌아다니며 그 처량맞은 상태에서 어떻게든 빠져나오려 애썼다.

이런 식으로 몇 바퀴 돌았을 때 계단에서 나는 가벼운 발소리에 귀를 쫑긋했다. 나는 그게 어셔의 발소리임을 알아챘다. 그 직후 그는 가볍게 내 방문을 노크하고는 램프를 들고 들어왔다. 그의 안색은 평소대로 죽은 사람처럼 창백했지만 무엇보다도 그 눈에 일종의 광적인 환희가 느껴졌다. 전반적으로 히스테리를 억누르고 있는 기색이 역력했다. 그의 분위기는 오싹했지만 오랫동안 견뎌온 고독보다는 낫지 않을까 싶어 어셔의 등장을 반겨 맞았다.

"아직 못 봤어?" 그가 말없이 잠시 주위를 응시하더니 난데없이 말했다. "아직 보지 못했나? 잠깐! 곧 보일 거야." 그렇게 말하곤 조심스레 램프를 가리더니 여닫이 창으로 성큼 다가가 창문을 활짝 열어젖혔다.

갑자기 들이닥친 강풍의 기세에 우린 거의 나가떨어질 뻔했다. 정말이지 맹렬하지만 무섭게 아름다운 밤이었고, 그 공포와 아름다움에 있어선 독보적이었다. 근방에 회오리바람이 이는지 바람 방향이 자주 그리고 격하게 바뀌었고, 엄청나게 짙은 구름도(저택에 딸린 탑을 짓누를 정도로 낮게 깔려 있었다) 저 멀리 사라지지 않고 서로를 향해 사방팔방 불어닥치는 그 격렬한 속도를 가려주진 못했다. 엄청나게 구름이 꼈는데도 그 속도가 보일 정도였다. 달이나 별은 보이지 않았고 번뜩이는 번개도 없었다. 하지만 그 불안한 증기의 거대한 덩어리 아래, 그리고 우리를 둘러싼 지상의 사물들 역시 저택에 드리워진 뚜렷이 눈에 보이는 기체의 무리와도 같은 부자연스러운 빛을 발하고 있었다.

"보지 마, 이건 보면 안 돼!" 나는 몸서리를 치며 어셔에게 말했고, 부드럽지만 단호히 그를 창가에서 의자로 데리고 왔다. "자네를 홀린 저 모습은 그저 드물지 않은 전기 현상일 뿐이야. 아니면 호수에서 흘러나온 으스스한 독기에서 기인했거나. 창문 좀 닫을게. 공기가 싸늘해서 자네 건강에 좋지 않아. 여기 자네가 좋아하는 로망스가 있군. 내가 읽을 테니 들어봐. 이 험악한 밤을 함께 넘기자고."

내가 집어 든 고서는 랜슬롯 캐닝 경의 《광기의 밀회》였다. 하지만 어셔가 좋아하는 책이라고 한 말은 진담이라기보단 서글픈 농담으로, 사실 그 투박하고 상상력 부족하며 장황한 글에는 고아하고 영적으로 이상주의자인 내 친구의 관심을 끌만 한 것이라곤 전혀 없었다. 하지만 당장 손 닿는 책은 그것뿐이었다. 그리고 이제 흥분으로 초조해진 우울증 환자가 내가 읽으려는 극단적으로 어리석은 이야기로 기분을 풀었으면 하는(정신병의 역사에는 유사한 이상 증세가 가득하므로) 미미한 희망을 품었다. 정말인지 겉보기로만 그런 것인지 아무튼 과할 정도로 쾌활하게 이야기에 귀를 기울이는 어셔의 모습을 보니 내 의도가 성공했음을 축하해도 될 것 같았다.

이야기는 밀회의 주인공 에설리드가 은자의 집에 조용히 들어갈 방법을 찾다 포기하고 억지로 밀고 들어가는 그 유명한 대목에 이르렀다. 여기서 서술은 이렇게 이어진다.

"그리고 천성적으로 대담하며 좀 전에 마신 와인 덕분에 이제 기운 넘치는 에설리드는 고집불통에 고약한 은자와의 협상을 기다리기를 포기했고, 어깨에 떨어지는 빗방울을 느끼자 몰아닥칠 폭풍이 걱정되어 철퇴를 들어 내리쳐 문의 판자에 전투용 장갑이 들어갈 틈을 만들고는 그것을 굳건히 잡아당겨 쪼개고 뜯어내어 마침내 산산조각 냈으며, 나무가 부서지는 건조하고 공허한 소리가 온 숲에 울려 퍼졌다."

이 문장 끝에서 나는 깜짝 놀라 잠시 멈췄다. (흥분한 상상력의 소산이라고 곧 결론지었지만) 저택 어딘가 먼 곳에서 내 귀에는 영락없이 랜슬롯 경이 상세히도 묘사한 그 부수고 뜯어내는 소리와 아주 유사한 메아리가 (하지만 확실히 멀고 희미했다) 들리는 듯했기 때문이다. 내 주의를 끈 것은 물론 우연의 일치 그 자체였으니 덜컹거리는 창틀 소리와 점차 거세어져 가는 폭풍의 일반적인 소음 속에서 그 소리 자체는 분명 내 흥미를 끌거나 심란하게 할 여지가 없었기 때문이다. 나는 낭독을 이어갔다.

"하지만 뛰어난 기사 에설리드는 이제 문 안에 들어섰고 고약한 은자의 흔적이 전혀 보이지 않자 놀라고 격분했다. 하지만 그 자리에는 대신 비늘로 뒤덮이고 비범한 모습의 용이 불을 내뿜으며 바닥이 은으로 된 황금 궁전 앞을 지키고 서 있었다. 그 벽에는 빛나는 황동 방패가 걸려 있었는데 거기에는 이런 전설이 새겨져 있었다.

여기 들어오는 자, 정복자가 되리니
용을 무찌르는 자, 방패를 얻을 것이니

에설리드가 철퇴를 들어 용의 머리를 내리치자 용은 그의 앞에 쓰러져 고약한 숨결과 함께 무시무시하고 거슬리는 귀를 찢을 듯한 비명을 내질렀다. 에설리드는 그 끔찍한 굉음에 손으로 귀를 막지 않을 수 없었으니 이제껏 듣지 못한 소리였기 때문이다."

여기서 나는 다시 불현듯 낭독을 멈췄고 그게 무엇이든 간에 이번에는 확실히 소리를 들었기에(비록 어느 방향에서 나는지는 알 수 없었지만) 무척이나 놀랐다. 낮고 분명히 멀긴 했지만 거칠고 길게 끌었으며, 아주 별난 비명이나 끼익거리는 소리로 내가 이 로망스에서 묘사된 용의 기괴한 비명으로 상상했던 소리와 정확하게 맞아떨어졌다.

이 두 번째의 희한한 우연의 일치에 경이로움과 지독한 공포를 비롯해 수천 가지 상충되는 감정이 나를 억눌러왔지만, 그래도 괜한 말을 꺼내 친구의 예민한 신경을 자극하지 않을 만큼의 정신은 남아 있었다. 문제의 소리를 어셔가 알아챘는지는 도무지 알 수 없었다. 다만 몇 분 사이 그의 태도에 기묘한 변화가 생긴 건 확실했다. 그는 나를 마주하고 있던 자세에서 점차로 의자를 돌려 자기 얼굴이 방문을 향하도록 했다. 그래서 내겐 그의 이

목구비가 부분적으로만 보였다. 하지만 마치 소리 없이 뭔가 중얼거리듯 그의 입술이 떨리는 것은 보였다. 그는 가슴께로 고개를 떨궜다. 하지만 얼핏 그의 옆모습에서 휘둥그렇게 뜬 채로 굳어진 한쪽 눈을 보고 잠든 게 아님을 알았다. 그의 몸의 움직임 역시 잠든 게 아님을 알려주었다. 부드럽지만 끊임없이 일정하게 좌우로 몸을 흔들고 있었기 때문이다. 그 모든 것을 빠르게 파악하고 나는 랜슬롯 경의 이야기를 다시 읽어나갔다.

"그리고 이제 용의 무시무시한 분노에서 벗어난 기사는 황동 방패를 떠올리고 거기 걸린 마법을 깰 생각으로 앞을 가로막은 용의 사체를 치우고 성의 은빛 바닥을 지나 방패가 걸린 벽으로 용감하게 나아갔다. 그가 완전히 다가오기를 기다리지 않고 방패는 그의 발치 은빛 바닥에 떨어졌으며 엄청나게 크고 무시무시한 소리가 울려 퍼졌다."

이 구절이 내 입 밖으로 나오자마자 마치 황동 방패가 정말로 그 순간 은으로 된 바닥에 쾅 떨어지기라도 한 듯이 멀리서 금속성의 울리는 소리가 확실하게 들렸다. 완전히 허를 찔린 듯 나는 벌떡 일어났다. 하지만 어셔의 일정하게 몸을 흔들거리는 동작은 흐트러짐이 없었다. 나는 그가 앉은 의자로 달려갔다. 시선은 앞에 고정한 채 표정은 돌처럼 딱딱하게 굳어 있었다. 하지만 내가 그의 어깨에 손을 얹자 그의 온몸이 격하게 부르르 몸서리쳤고, 미약한 미소인 양 입술이 떨렸다. 그리고 내 존재를 의식하지 못하는 것처럼 낮고 다급하게 뭐라 중얼거렸다. 나는 어서 가까이 몸을 숙였고, 드디어 그 끔찍한 말을 알아들을 수 있었다.

"안 들려? 그래 난 들려. 그리고 전부터 들었지. 오래오래—몇 분, 몇 시간, 며칠 동안 들었지만 말할 수가 없었지! 아, 비참하고 처량한 나를 가엾이 여겨주게! 차마 말할 수 없었어! **우리가 누이를 산 채로 무덤에 넣었다고는!** 내 감각이 예민하다고 말하지 않았던가? 그 관 속에서 나는 그녀가 미약하게 움직이는 소리를 들었다고 이제는 말할 수 있어. 며칠째 들었지만 감히 말할 수가 없었지! 그리고 이제 오늘 밤— 에설리드가— 하하! 은자의 집 문을 부수는 소리, 용의 단말마, 방패가 떨어지는 소리라고! 그건 누이가 관을 잡아 뜯고, 갇힌 지하실 문 경첩이 끼익거리고, 구리를 댄 지하실 복도에서 몸부림치는 소리야! 어디로 도망가야 할까? 곧 누이가 여기로 오지 않을까? 나의 성급함을 비난하려 서두르고 있지 않을까? 계단에서 들려오는 누이의 발소리를 못 들었느냐고? 무겁고 끔찍한 그 심장의 고동 소리를 알아듣지 못했느냐고? 미치광이!" 여기서 그는 격분하여 벌떡 일어나 영혼이라도 포기할 듯 소리를 질렀다. "미치광이! 지금 누이가 저 문 바깥에 서 있다고!"

마치 그가 한 말에 담긴 초인간적인 기운에 마법의

힘이라도 있는 듯 그 순간 친구가 가리킨 크고 오래된 문이 천천히 그 무겁고 시꺼먼 입을 벌렸다. 밀려드는 돌풍의 짓이었겠지만 그 문 앞에는 정말로 수의 차림을 한 레이디 매들린의 형체가 당당히 서 있었다. 그녀의 하얀 옷에는 핏자국이 묻어 있었고, 격렬한 몸부림의 흔적이 그녀의 여윈 몸 곳곳에 나 있었다. 한순간 그녀는 문간에서 떨며 앞뒤로 몸을 흔들거렸다. 그러다가 낮게 신음 소리를 내며 제 오빠 몸 위로 털썩 쓰러졌고 그 격렬한 마지막 죽음의 고통과 함께 그를 바닥에 넘어뜨려 시신으로, 그가 예견해왔던 공포의 희생자로 만들었다.

나는 경악하여 그 방에서, 그 저택에서 뛰쳐나왔다. 폭풍이 여전히 맹위를 떨치는 가운데 어느새 나는 오래된 둑길을 지나고 있었다. 길을 따라 갑자기 빛이 확 번져 어디서 이런 괴상한 빛이 흘러나오는지 보려 고개를 돌렸다. 내 뒤에 있는 것이라고는 거대한 저택과 그 그림자뿐이었기 때문이다. 그 빛은 저물어가는 핏빛 보름달에서 나온 것으로, 내가 앞서 언급한 건물 지붕에서 바닥까지 지그재그로 뻗어 나간 균열 틈새로 뚜렷하게 비치고 있었다. 내가 쳐다보는 사이 그 균열이 빠르게 벌어지면서 격렬한 회오리바람이 일더니 내 눈앞에 온전한 보름달이 모습을 드러냈다. 웅장한 벽이 산산이 무너져 내리는 모습을 보고 있자니 머리가 핑핑 돌았다. 급류 물소리처럼 길고 어마어마한 굉음이 나고는 내 발치의 깊고 축축한 호수가 '어셔가'의 잔해를 음울하게 소리 없이 삼켜버렸다.

—1839

일주일에 일요일 세 번

"이 무정하고, 꽉 막히고, 완고하고, 답답하고, 무뚝뚝하고, 고루하고, 구식 노인네 같으니!" 어느 오후, 나는 럼거전 종조부 앞에서 주먹을 휘두르며 말했다.

물론 상상 속에서만. 사실 내가 한 말과 엄두가 나지 않아 하지 못한 말 사이엔, 그리고 내가 한 행동과 내가 할 마음이 반쯤 있었던 것 사이에는 사소한 차이가 존재했다.

내가 거실문을 열었을 때 그 늙은 돌고래는 발을 맨틀피스에 올리고, 손에는 가득 따른 포트 와인 잔을 든 채 노래를 완성하려 기를 쓰고 있었다.

렘플리스 톤 베르 비드!(너의 빈 잔을 채워라!)
비드 톤 베르 플렝!(너의 가득한 잔을 비워라!)

"존경하는 종조부님." 나는 문을 살며시 닫고 무던하기 짝이 없는 미소를 지으며 다가섰다. "늘 상냥하고 사려 깊으시며 그 자비심을 너무나 여러 방법으로 선보여오신바, 종조부님께서 전적으로 동의하시는지 확인하기 위해 이 사소한 일을 한 번 더 말씀드리고자 합니다."

"흠!" 노인이 말했다. "착한 애구나! 계속하렴!"

"확신합니다만, 누구보다 존경하는 종조부님, [이 지독한 늙은 악당!] 저와 케이트와의 결합을 정말로, 진심으로 반대하시려는 것은 아니겠지요. 그냥 장난치시는 거죠? 다 압니다. 하! 하! 하! 가끔 정말 재미있으시다니까."

"하! 하! 하!" 노인이 말했다. "빌어먹을 놈! 그래!"

"확인차일 뿐입니다, 물론! 농담하시는 거 압니다. 자, 종조부님, 케이트와 저는 지금으로선 딱 한 가지만 바랄 뿐입니다. 저희에게 시간과 관련해서 조언을 주십사 하는 거죠. 그러니까 종조부님, 간단히 말씀드리자면 결혼식 날짜로 어, 언제가 가장 편하시겠습니까?"

"꺼져라, 이 난봉꾼아! 그게 무슨 소리냐? 때가 될

때까지 기다려라."

"하! 하! 하! 히! 히! 히! 호! 호! 호! 후! 후! 후! 아, 그거 재밌네요. 대단합니다, 재치가 대단하셔요! 하지만 저희가 지금 바라는 것은, 저기 종조부님께서 시간을 정확히 지정해주셨으면 하는 겁니다."

"아! 정확히?"

"네, 종조부님. 그러니까, 괜찮으시다면 말입니다."

"그냥 아무 때나 하자면 답이 안 되겠느냐, 바비? 그러니까, 일 년이나 그쯤 안에 언젠가? 꼭 정확히 말해야 하냐?"

"괜찮으시다면, 종조부님, 정확하게요."

"어, 그래 바비야. 넌 정말로 참한 놈이다. 안 그러냐? 네가 정확한 때를 알아야겠다니, 내가, 그래 이번은 내가 따르마."

"존경하는 종조부님!"

"쉿, 애야!" [내 목소리는 묻혀버린다] "이번에는 내가 따르마. 내 허락과 돈을 갖게 될 거야. 돈을 빠뜨리면 안 되지. 어디 보자! 언제로 하면 될까? 오늘이 일요일이지, 안 그러냐? 자, 그럼 너는 정확히 잘 들어라, 정확히! 일주일에 일요일이 세 번 있을 때 결혼하는 거다! 들었냐? 뭘 그리 입을 멍하니 벌리고 앉았어? 그러니 일주일에 일요일이 세 번 있을 때 너는 케이트와 그 애의 돈을 갖게 될 거다. 그전에는 어림없고말고, 이 어린 망

나니야. 그때까진 내가 죽는대도 안 된다. 내가 한 말은 반드시 지키는 사람인 줄은 익히 알고 있겠지. 가봐라!"

종조부는 잔에 가득 찬 포트 와인을 들이키고, 나는 절망에 휩싸여 방을 뛰쳐나왔다.

럼거전 종조부는 '훌륭한 영국 노신사'였지만, 노래에 나오는 신사와는 달리 약점이 여럿 있었다. 종조부는 작고, 숨을 헐떡거리고, 젠체하며, 성미가 괄괄하고, 둥그스름한 체구에, 붉은 코, 굳어버린 머리, 돈 많고 자신이 대단히 중요한 사람인 줄 아는 양반이었다. 세상에서 가장 선한 마음의 소유자나 모순적인 성향이 강한 나머지 그분을 겉핥기로만 아는 사람들에게선 괴팍하단 평판을 얻었다. 많은 뛰어난 이들과 마찬가지로 종조부는 사람을 애태우는 기질이 있는 듯했으며, 이는 얼핏 악의로 오해하기 쉬웠다. 무슨 부탁을 받으면 대뜸 "안 돼!"라고 하지만, 결국—아주 나중이지만—거절하는 경우는 대단히 적었다. 재산을 노리고 공격하는 것에 대해 그 무엇보다도 굳건하게 방어했다. 하지만 일반적으로 포위가 길어질수록, 그리고 저항이 굳건할수록 종조부가 갈취당한 돈의 액수는 비례하여 커졌다. 자선 사업에 대해서는 종조부보다 못마땅해하면서 후한 사람도 없었다.

예술에 대해서, 특히 순문학에 대해서라면 종조부는 엄청난 경멸을 품고 있었다. 거기에다 카지미르 페리에의 "아 쿠와 엉 포에테 에 일 봉?(시인이란 무슨 쓸모가 있는가?)"라는 오만한 발언에 영감을 얻어 그 이상의 논리적인 위트는 없다는 듯이 아주 우스꽝스러운 발음으로 인용하고 다녔다. 그러므로 뮤즈에 대해 내가 언뜻 내색이라도 하면 종조부는 그야말로 불쾌하기 짝이 없어 했다. 한번은 내가 호라티우스의 새 책을 부탁하자, 종조부는 '포에타 나시투르 논 피트'시인은 만들어지는 것이지 태어나는 것이 아니다—옮긴이를 번역하면 '하등 쓸데없는 고약한 시인 나부랭이'라고 대꾸하여 나를 격분하게 했다. 최근 종조부는 당신이 자연과학이라고 여기는 것에 우연히 애착을 가지게 되어 그 선입견으로 인문학에 대한 반감이 훨씬 더 커졌다. 누가 길거리에서 종조부를 다름 아닌 엉터리 물리학자 듀블 L. 디 박사로 착각한 일이 있었다. 그 일로 종조부는 확 바뀌었다. 그리고 이 이야기가 벌어질 시기에—이건 결국 이야기니까—럼거전 종조부는 당신이 열심인 취미에 부합하는 것에만 수긍하고 우호적이었다. 다른 일에 대해선 종조부는 팔다리를 휘저으며 웃어댔고, 정치관은 완고했으나 이해하기 쉬웠다. 호슬리와 마찬가지로 '법은 그저 따르라고 있는 것'이라고 생각했다.

나는 평생 이 노인과 함께 살았다. 내 부모님은 돌아가시면서 귀한 유산으로 나를 종조부에게 맡겼다. 그 늙은 악당은 나를 자식처럼—케이트에 대한 사랑만큼은 아니더라도 거의 그만큼—사랑했다고 나는 믿지만, 그래봤자 결국 개처럼 키운 셈이었다. 내가 한 살 때부터 다섯 살 때까지 종조부는 꾸준하게 매질을 해댔다. 다섯 살 때부터 열다섯 살 때까지 종조부는 매시간 교정시설에 보내겠다며 을러댔다. 열다섯 살 때부터 스무 살 때까지는 내게 한 푼도 주지 않고 쫓아내겠다며 으름장을 놓지 않은 날이 단 하루도 없었다. 내가 슬픈 개였던 것은 사실이지만, 그 역시 내 천성의 일부였고, 그게 나의 믿음이었다. 하지만 케이트는 내게 든든한 친구가 되어주었다. 케이트는 아주 착한 여자였고, 언제든 내가 럼거전 종조부에게서 졸라 필요한 허락을 받아내기만 한다면 자기를(재산과 그 모든 것을) 얻을 수 있다고 아주 다정하게 말해주었다. 불쌍한 케이트! 그녀는 이제 겨우 열다섯 살이었고, 그 허락을 받아내지 못한다면 그녀의 얼마 안 되는 재산은 다섯 번의 한없는 여름이 굼벵이처럼 꾸물꾸물 지날 때까지 수중에 들어오지 않게 된다. 그럼 어떻게 한단 말인가? 열다섯 살 나이엔, 심지어 스물한 살인 나에게조차 오 년이라는 기다림은 오백 년이나 마찬가지였다. 우리는 종조부를 열심히 졸라보았으나 헛일이었다. 여기에 종조부의 삐뚤어진 망상에 딱 맞는 '놀라운 성과'(유명한 프랑스 요리사 우드와 카렘이라면 그렇게 표현했을 것이다)가 있었다. 그 늙은 고양이 같은 영감이 불쌍하고 불행한 우리 두 생쥐를 어떻게 몰아갔는지 봤다면 욥이라도 분노했을 것이다. 마음속으로 종조부는 우리의 결합을 그 무엇보다도 열렬히 바랐다. 내내 그렇게 마음을 정하고 있었다. 사실 종조부는 우리의 당연한 소원을 들어줄 핑계를 궁리할 수만 있다면, 만 파운드라도 당신 주머니에서 내주었을 것이다(케이트의 재산은 본인 것이었다). 하지만 우리는 그 말을 직접 꺼내는 무분별한 짓을 저지르고 말았다. 그런 상황에서라면 나는 정말이지 종조부도 반대하지 않을 수 없었으리라 진정으로 믿는다.

종조부의 약점에 대해서는 앞서 말한 대로지만, 그분의 고집을 두고 약점이라고 하는 것은 아니다. 고집은 그분의 강점이었다. '절대로 약점이 아니었다.' 내가 그분의 약점이라고 하는 것은 그분을 괴롭히는 노파 같은 괴상한 미신을 염두에 두고 하는 말이다. 종조부는 꿈이니 조짐, 온갖 사소한 규칙에 골몰했다. 또한 작은 명예에 연연해했으며, 자신만의 방식으로 약속은 확실히 지켰다. 사실 이것은 그분의 취미 중 하나였다. 서약의 **정신**은 아무 거리낌 없이 무시하고 넘겼지만, **문자** 자체는 어길 수 없는 계약이었다. 식당에서의 면담이 있고 나서 얼마 지나지 않은 어느 멋진 날, 종조부의 이 별난 기질을 이용하여 똑똑한 케이트가 예상치도 못하게 우리에게 유리한 결과를 얻어냈다. 그러므로 현대의 음유시인과 연설자들의 방식대로 서론에서 내 마음껏 시간을 들이고 자리를 거의 차지했으니, 간략히 이야기의 요점만 정리하겠다.

운명의 점지로 내 약혼자가 아는 해군 중에 일 년 동안 해외에 있다가 막 영국 땅을 밟은 신사가 둘 있었다. 이 신사들을 동반하여 케이트와 나는 10월 10일 일요일 오후에 럼거전 종조부를 찾아갔다. 우리의 희망을 잔인하게 무너뜨린 그 잊지 못할 결정으로부터 3주가 막 지난 날이었다. 반 시간가량 일상적인 화제가 오갔다. 하지만 마침내, 우리는 제법 자연스럽게 화제를 다음과 같이 이끌어갔다.

프랫: "일 년 동안 떠나 있었죠. 오늘로 딱 일 년입니다. 어디 봅시다! 맞아요! 10월 10일이군요. 기억하시죠, 럼거전 씨. 작년 오늘 작별 인사를 드렸지요. 그나저나 우연의 일치 같습니다만, 여기 우리 친구 스미서튼 선장도 마침 딱 일 년을 떠나 있었답니다. 오늘로 일 년 맞나?"

스미서튼: "그럼! 정확히 일 년이야. 기억하실 겁니다, 럼거전 씨. 제가 작년 바로 이날 프랫 선장과 함께 작별 인사를 드리러 왔었지요."

종조부: "그럼, 그럼, 그럼, 아주 잘 기억합니다. 정말로 희한하군요! 둘 다 딱 일 년간 나가 있었다니. 대단히 별난 우연의 일치요! 듀블 L. 디 박사라면 사건의 유별난 동시 발생이라고 할 만한 일이에요. 박사는……."

케이트: (끼어들며) "확실히 별난 일이에요, 아빠.

하지만 프랫 선장님과 스미서튼 선장님은 같은 항로로 가신 게 아니니 차이가 생길 수밖에요, 아시겠지만."

종조부: "난 그런 건 모른다, 요 말괄량이야! 내가 어찌 알겠니? 그럼 이 상황이 더 놀라운 것 아니냐. 듀블 L. 디 박사는……."

케이트: "아빠, 프랫 선장님은 케이프 혼을 돌아서 오셨고, 스미서튼 선장님은 희망봉에서 돌아오셨잖아요."

종조부: "그렇지! 한쪽은 동쪽으로, 다른 한쪽은 서쪽으로 가서 거의 세계일주를 한 셈 아니냐. 그나저나, 듀블 L. 디 박사는……."

나: (다급히) "프랫 선장님, 내일 스미서튼 선장님과 오셔서 저희와 저녁 함께하시죠. 여행 얘기도 들려주시고, 휘스트 게임도……."

프랫: "휘스트라, 저기 잊으셨나 봅니다. 내일은 일요일인데요. 다른 날 저녁에……."

케이트: "아, 저런. 아니에요! 바비가 그렇게 둔하진 않은데요. 오늘이 일요일이에요."

종조부: "그럼, 그럼!"

프랫: "실례입니다만, 제가 틀렸을 리 없습니다. 내일이 일요일 맞습니다, 왜냐하면……."

스미서튼: (깜짝 놀라) "다들 무슨 말씀을 하십니까? 어제가 일요일 아니었습니까?"

모두: "어제라뇨! 틀리셨는데요!"

종조부: "오늘이 일요일이오. 내가 확실히 아는걸!"

프랫: "아 아닙니다! 내일이 일요일입니다."

스미서튼: "다들 정신 나가셨군요, 전부 다. 분명히 확신하는데 어제가 일요일 맞습니다. 제가 이 의자에 앉아 있는 것만큼 확실해요."

케이트: (팔짝 일어나며) "알겠어요. 이제 다 알겠어요. 아빠, 이 결정은 아빠에게 달렸어요. 뭔지 아시죠. 잠깐만요, 지금 전부 설명해드릴게요. 정말 아주 간단한 일이에요. 스미서튼 선장님은 어제가 일요일이었다고 하셨죠. 그래요, 그분이 맞아요. 바비와 아빠 그리고 저는 오늘이 일요일이라고 했고. 그래요, 우리가 맞아요. 프랫 선장님은 내일이 일요일이라고 하셨죠. 그럴 거예요, 그분도 맞아요. 사실 우리 다 맞고, 그러니까 일주일에 일요일이 세 번 있는 거예요."

스미서튼: (잠시 사이를 둔 후) "그나저나, 프랫, 케이트가 우리를 완전히 이겼는데. 우리 둘이 참 멍청했어! 럼거전 씨, 문제는 이렇습니다. 아시다시피 지구 둘레는 약 4만 킬로미터입니다. 이 지구는 축을 중심으로 자전하고—빙글빙글 도는데—이 4만 킬로미터 거리를 서쪽에서 동쪽으로 정확히 24시간 동안 돌지요. 아시겠습니까, 럼거전 씨?"

종조부: "그럼요, 그럼, 듀블……."

스미서튼: (상대의 목소리를 묻어버리며) "자, 그럼 시속 1,600킬로미터가 되지요. 이제 제가 이 위치에서 동쪽으로 1,600킬로미터를 항해한다고 쳐봅시다. 물론 여기 런던과 해 뜨는 시간이 한 시간 정도 차이가 나겠죠. 여러분보다 한 시간 먼저 해를 보게 됩니다. 같은 방향으로 1,600킬로미터를 더 가면 해 뜨는 시간이 두 시간 일러지고, 또 1,600킬로미터를 나아가면 세 시간, 그런 식으로 지구를 한 바퀴 돌아 동쪽으로 4만 킬로미터를 지나 이 자리로 돌아오면 런던 해돋이를 24시간 앞지르게 됩니다. 그러니까, 저는 여러분의 시간대보다 하루 앞서 있게 되지요. 아시겠습니까?"

종조부: "하지만 듀블 L. 디 박사는……."

스미서튼: (아주 큰 소리로) "프랫 선장은 반대로 이 위치에서 서쪽으로 1,600킬로미터를 항해했을 때 한 시간, 그리고 서쪽으로 4만 킬로미터를 항해했을 때 24시간 즉 하루가 런던 시간보다 뒤처지는 겁니다. 그래서 제게는 어제가 일요일이었고, 여러분에게는 오늘이 일요일, 프랫에게는 내일이 일요일이 되는 겁니다. 그리고 거기에 더해 우리 모두 다 맞다는 것도 분명합니다, 럼거전 씨. 우리 중 누군가 한 명의 생각이 다른 사람의 생각보다 우선할 만한 철학적인 이유가 있을 리 없으니까요."

종조부: "저런! 어, 케이트, 어, 바비! 이건 정말 네 말마따나 내게 내린 심판이구나. 하지만 나는 한 말은 지

키는 사람이야. 알아둬라! 너 좋을 때 케이트를 데려가거라, 돈이든 뭐든 다. 끝났어! 사흘 연속 일요일이라니! 나는 가서 이 문제에 대해 듀블 L. 디 박사의 의견을 들어 봐야겠다."

—1841

붉은 죽음의 가면

'붉은 죽음'은 오랫동안 이 나라를 유린해왔다. 이렇게 치명적이고 이렇게 끔찍한 역병은 없었다. 피가 그 분신이며 인장이었다—붉은색과 피의 공포. 날카로운 고통, 그리고 갑작스러운 현기증이 있고 난 다음 몸의 구멍이란 구멍에선 모조리 피가 솟구친 후 죽음이 뒤따랐다. 희생자의 몸과 특히 얼굴에 남은 진홍색 반점은 타인의 도움과 동정마저 가로막는 금줄이었다. 그리고 병으로 인한 경련, 진행과 종결에 이르기까지 전부 반 시간이면 끝이 났다.

하지만 프로스페로 대공은 행복하고 대담하며 기

민한 자였다. 그의 영토와 인구가 반으로 줄자, 그는 궁정의 기사와 숙녀 중 건강하고 낙천적인 이들 천 명을 소집하여, 그들과 함께 세상과 동떨어져 격리된 성채 같은 수도원으로 피신했다. 그곳은 광대하며 웅장한 건축물로 대공 본인의 기묘하지만 위엄 있는 취향의 산물이었다. 튼튼하고 높은 벽이 둘러싸고 있었고, 이곳 벽에는 강철로 된 문이 달려 있었다. 가신들은 성채 안으로 들어간 후 쇠를 달구고 어마어마한 망치로 내리쳐 나사를 용접해버렸다. 그들은 갑작스러운 충동으로 절망이 일거나 내부에서 광란이 일어나더라도 안팎을 드나들지 못하게 하기로 마음먹었다. 수도원은 물자가 충분했다. 이러한 예방 조치를 통해 가신들은 감염을 막을 수 있었는지도 몰랐다. 바깥 세계는 알아서들 살아갈 일. 슬퍼하거나 걱정해봤자 헛일이었다. 대공은 온갖 유희를 준비해두었다. 어릿광대, 즉흥극, 발레 댄서, 음악가, 미녀 그리고 와인이 있었다. 이 모든 것들과 안전이 갇혀져 있었다. '붉은 죽음'은 그곳에 없었다.

틀어박힌 지 5~6개월이 지나고, 밖에선 역병이 그 어느 때보다도 격렬하게 위세를 떨치고 있을 때, 프로스페로 대공은 천 명의 지인들을 위해 정말이지 보기 드문 규모의 가장무도회를 개최했다.

그 가장무도회는 참으로 관능적인 자리였다. 하지만 우선 그 무도회가 열린 연회장부터 소개해야겠다. 연회장에는 웅장한 방이 일곱 개나 있었다. 하지만 다른 궁에서는 이런 공간은 대체로 길게 쭉 뻗어 있고, 접이식 칸막이를 양쪽 벽으로 밀어 전체 공간이 한눈에 보일 수 있게 한다. 여기는 그 점에서 아주 달랐으며, 기묘한 것을 사랑하는 대공의 취향을 고려하면 가능할 법한 일이었다. 방이 굉장히 불규칙적으로 배치되어 한 번에 한 곳 이상을 보기 어려웠다. 20~30미터마다 크게 꺾어지는 곳이 있고, 그 모퉁이마다 기발한 광경이 펼쳐졌다. 좌우 벽 한가운데에는 높고 폭이 좁은 고딕 양식의 창문이 굽어진 방을 따라 배치된 회랑을 내다볼 수 있게 되어 있었다. 이 창 유리는 스테인드글라스였으며 각각의 방을 장식하는 데 쓰인 주된 색상과 맞추었다. 예를 들어 동쪽 끝의 방은 파란색이고, 그 창문 역시 선명한 파란색이었다. 두 번째 방은 장식과 태피스트리가 자주색이고, 여기 창은 자주색이었다. 세 번째는 온통 녹색이었고, 창틀 또한 녹색이었다. 네 번째는 오렌지색 가구와 조명을 썼으며, 다섯 번째는 흰색, 여섯 번째는 보라색이었다. 일곱 번째 방은 검은 벨벳 태피스트리가 천장과 벽을 온통 뒤덮었고, 그 묵직한 천이 같은 소재와 색상의 카펫 위로 드리워져 있었다. 하지만 이 방에서만은 유리창 색이 장식과 맞지 않았다. 유리창은 진홍색이었다—짙은 핏빛. 일곱 개의 방에는 어디에도 램프나 촛대가 없었고, 흘러넘치는 금빛 장신구들이 사방에 흐트러져 있거나 천장에 매달려 있었다. 방 안에는 램프나 촛불에서 흘러나오는 빛 또한 일절 없었다. 하지만 방을 따라 있는 회랑에는 각 창문 맞은편에 묵직한 삼지창 모양의 촛대가 놓여 있어 그 불빛이 색 입힌 창문을 통해 방 안을 환하게 밝히고 있었다. 그리하여 다채로우면서도 화려하고 환상적인 모습을 자아내고 있었다. 하지만 서쪽 또는 검은 방에선 핏빛 유리창을 통해 들어와 검은 천에 드리워진 불빛의 효과가 무척이나 끔찍해 보여 그 방에 들어선 이의 얼굴을 무시무시하게 만들어놓았기에 그 주변에 얼씬거릴 만큼 간 큰 사람은 아무도 없었다.

또한 이 방 서쪽 벽에는 어마어마하게 큰 흑단 시계가 세워져 있었다. 그 시계추는 둔탁하고 묵직한 단조로운 소리를 내며 흔들렸다. 그리고 분침이 한 바퀴 돌고 정각을 알릴 때면 시계의 놋쇠 폐에서 크고 깊고 뚜렷하며 굉장히 음악적인 소리가 났는데, 그 음조와 강세가 몹시도 희한하여 매시 정각이 될 때마다 오케스트라 연주자들은 잠시 연주를 멈추고 그 종소리에 귀를 기울이곤 했다. 그러면 왈츠를 추던 이들도 움직임을 우뚝 멈추었고, 전반적으로 유쾌한 분위기에 짧지만 불편한 순간이 흘렀다. 그 시계 종이 울리는 동안 들떠 있던 이들은 얼굴이 창백해지고, 나이 먹고 점잖은 이들은 마치 혼란스러운 망상이나 상념에라도 잠긴 듯 손으로 이마를 쓸곤 했다. 하지만 마침내 그 여운이 스러지고 나면 즉시 다시 밝고 경쾌한 웃음소리가 군중 사이에 퍼졌다. 연주자들은 마주 보고, 제 불안감과 어리석음이 민망한 듯 미소 짓고, 다음 정각 알림에는 절대 그런 감정을 보이지 않겠노라 소곤소곤 서로 맹세했다. 그런 다음 60분이 지나고 (3,600초라는 시간이 날아가고) 시계가 또 울리면 이전과 똑같은 불편함과 떨림과 상념의 시간이 찾아왔다.

하지만 이런 일에도 불구하고 무도회는 유쾌하고 훌륭한 잔치였다. 대공의 취향은 특이했다. 그는 색상과 효과를 연결시키는 탁월한 안목이 있었다. 단순히 유행하는 장식은 안중에 두지 않았다. 그의 계획은 담대하고 열정적이었으며, 그의 구상은 야성적인 광채로 빛을 발했다. 그를 미쳤다고 여기는 사람도 있을 것이다. 하지만 그의 추종자들은 그렇지 않았다. 그가 미친 게 아니라고 확신하려면 그를 보고 듣고 만져봐야 할 필요가 있었다.

대공은 이 대단한 연회를 앞두고 일곱 개 방의 이동 가능한 장식을 대부분 직접 지시했다. 그리고 이 가장무도회에 개성을 부여한 것은 바로 그의 주도적인 감각이었다. 확실히 기괴하게 할 것. 온통 눈부셨고 반짝이고 짜릿했으며 환영 같았고, 〈에르나니〉빅토르 위고 원작의 희곡—옮긴이 이후로 많이 본 광경이었다. 맞지 않는 날개며 장신구를 단 아라비아풍 인물들도 있었고, 미치광이 같은 현란한 취향도 있었다. 아름답고 화려하고 기괴한 이들로 넘쳐났다. 끔찍한 모습도, 혐오감을 불러올 만한 모습도 적지 않았다. 그들이 일곱 개의 방을 이리저리 오가는 모습은 사실 겹겹이 펼쳐진 환영과도 같았다. 그리고 이 환영들은 각 방에서 그 색조들을 입고 넘나들어 거친 오케스트라의 격렬한 음악이 그들의 발소리에 따른 메아리처럼 느껴졌다. 그리고 이내 벨벳 홀에 서 있는 칠흑의 시계가 울렸다. 그러면 한순간 모든 것이 정지하고 시계 종소리 외엔 모든 것이 침묵했다. 환영들은 서 있는 자리에서 얼어붙은 듯 굳었다. 하지만 종소리의 메아리가 스러지자—한순간이었다—그 떠난 자리에 가볍고 반쯤 소리 죽인 웃음소리가 퍼져나갔다. 그리고 다시 음악이 울려 퍼지고, 환영은 되살아나 채색 유리창을 통해 들어오는 삼각대 불빛의 색조를 입고 아까보다도 더 신나게 오갔다. 하지만 일곱 개 중 가장 서쪽에 위치한 방에 감히 발을 들이려는 가장꾼은 없었다. 밤이 물러감에 따라 핏빛 유리창을 통해 더 불그스름한 빛이 흘러들어왔기 때문이다. 그리고 흑단색 휘장의 그 새카만 어둠 또한 그 흑단색 카펫에 발을 디딘 사람에겐 가까이 있는 새카만 시계의 소리죽인 종소리가 멀리 떨어진 흥겨운 분위기의 다른 방에 있는 사람들의 귀에 들리는 것보다 더 장엄하게 강조되어 들렸기 때문이다.

하지만 다른 방에는 사람들로 붐볐고, 그 안에서는 생명력 가득한 심장이 뜨겁게 고동쳤다. 그리고 환락은 어질어질하게 이어져 마침내 자정을 알리는 시계 종소리가 시작되었다. 그러자 앞서 말했듯이 음악이 그쳤다. 빙글빙글 왈츠를 추는 이들도 잠잠해졌다. 그리고 이전과 마찬가지로 모든 것이 불편한 정지 상태를 맞았다. 하지만 시계 종소리가 열두 번을 울리자 시간이 길어지며 흥청대던 사람 중 사려 깊은 이들의 심사에 아마도 더 많은 생각이 밀려들었다. 그리하여 마지막 종소리의 여운이 완전히 정적으로 스러지기 전에 이전까지는 아무의 관심도 사로잡지 않았던 한 가면 쓴 인물의 존재를 무리 중 많은 이들이 의식할 여유가 생겼다. 그리고 이 새로운 존재에 대한 소문이 소곤소곤 퍼져나갔고, 드디어는 모든 참석자에게서 웅성거림, 혹은 속삭임, 비난과 놀라움의 표현—그러다 마침내 두려움과 공포, 역겨움의 표현이 일어났다.

내가 묘사했던 환영의 집합 속에서 평범한 모습이라면 이런 난리가 벌어질 리 없으리라는 것은 익히 짐작할 수 있을 것이다. 사실 그날 밤 가장에 대한 제한은 거의 없다시피 했다. 하지만 문제의 인물은 헤롯을 넘어섰고, 심지어 대공의 불명확한 예법 기준선조차 넘어섰다. 아무리 무모한 사람의 마음이라도 감정 없이는 건드릴 수 없는 공감이 있다. 생사가 그저 똑같이 웃음거리일 뿐인 지극히 타락한 이들에게조차 농담 삼을 수 없는 문제가 있다. 이제 모든 이들이 그 낯선 이의 의상이나 태도가 재치 있지도, 적절하지도 않음을 통감하는 듯했다. 그

인물은 키가 크고 수척했으며, 머리부터 발끝까지 죽음의 복장으로 가리고 있었다. 얼굴을 가린 가면은 굳어진 시체를 얼마나 빼닮았던지 아무리 가까이서 살펴도 허점을 발견하기 어려울 정도였다. 그러나 이 정도뿐이었다면 주위의 한껏 흥청거리는 이들 속에서 허용까진 아니더라도 넘어갈 만은 했을 것이다. 하지만 가면의 인물은 '붉은 죽음'이 하는 짓을 저지르기에 이르렀다. 그의 의복에는 점점이 피가 튀었고, 훤한 이마와 이목구비는 점점 새빨간 공포의 발진으로 뒤덮이고 있었다.

프로스페로 대공의 눈길이 이 유령과도 같은 모습(그 역할을 더 확실하게 연기하기라도 하려는 듯이 왈츠를 추는 사람들 사이에서 천천히 엄숙한 움직임으로 떠돌고 있었다)에 닿았을 때, 대공은 처음에는 두려움에서인지, 혐오감에서인지 크게 몸서리를 쳤다. 하지만 다음 순간 분노로 얼굴이 벌게졌다.

"누가 감히?" 그는 근처에 선 가신들에게 쉰 목소리로 다그쳤다. "누가 감히 이런 천인공노할 조롱으로 우리를 모욕하는가? 저자를 잡아 가면을 벗겨라. 동틀 때 흉벽에다 매달 놈이 누군지 알아보게!"

그렇게 지시할 때 프로스페로 공이 서 있던 곳은 동쪽 혹은 푸른 방이었다. 그의 목소리는 일곱 개의 방에 쩌렁쩌렁 똑똑히 울려 퍼졌다. 대공은 대담하고 혈기 넘치는 사람이었고, 그의 손짓에 연주가 멈추었다.

대공이 창백한 얼굴의 가신들이 서 있던 곳은 푸른 방이었다. 처음, 대공이 지시하는 사이 이들 무리는 마침 가까이에 있던 침입자 쪽으로 후다닥 향했다. 그러자 침입자는 다분히 의도적이며 당당한 걸음으로 말하고 있는 대공 쪽을 향해 다가섰다. 하지만 가면 쓴 자에 대한 황당한 추측의 속삭임이 모든 이에게 불어넣은, 뭐라 말할 수 없는 두려움에 손을 뻗어 그자를 붙잡으려고 나서는 이는 아무도 없었다. 그래서 누구의 방해도 받지 않은 채 가면 쓴 자는 대공 바로 근처까지 다가섰고, 군중들이 마치 하나의 충동을 공유한 듯 방 중앙에서 벽 쪽으로 움츠러든 사이, 그자는 아까와는 다른 엄숙하고 조율된 발걸음으로 푸른 방을 지나 자주색 방으로, 자주색을 지나 녹색으로, 녹색을 지나 오렌지로, 다시 흰색으로, 그리고 심지어 보라색까지, 누군가 그를 잡으려 채 나서기도 전에 거침없이 나아갔다. 그제야 분노 그리고 순간적으로 겁을 먹은 스스로에 대한 수치심으로 격분한 프로스페로 대공은 돌진하듯 여섯 개의 방을 통과했으나, 모두를 사로잡은 죽음의 공포로 인해 그를 따르는 자는 아무도 없었다. 대공은 뽑아 든 단검을 높이 쳐들고 물러가는 형체의 서너 발짝 거리까지 다급히 쫓아갔다. 그러나 벨벳 방에 이른 그 자가 돌연 빙글 돌아서서 추격자를 마주했다. 외마디 비명과 함께 단검은 칠흑의 카펫 위에 번뜩이며 떨어졌고, 그 즉시 프로스페로 대공은 죽어 쓰러졌다. 그때 될 대로 되라는 식의 용기를 끌어모은 일군의 사람들이 한꺼번에 검은 방으로 쳐들어와 검은 시계의 그림자 아래 꼼짝 않고 꼿꼿이 서 있는 가면 쓴 키 큰 침입자를 붙잡았으나, 거칠게 벗겨낸 수의와 시체 같은 가면 아래엔 형체 없이 텅 빈 공간만이 있음을 발견하고 형용할 수 없는 두려움에 경악했다.

그리고 그제야 붉은 죽음의 존재를 깨달았다. 그는 밤도둑처럼 찾아든 것이었다. 그리고 파티를 즐기던 이들은 피로 물든 벽에 둘러싸인 채 하나하나 쓰러졌고, 절망 속에 죽어갔다. 그리고 흑단 시계의 생명은 마지막 사람의 생명과 함께 스러졌다. 그리고 삼각대의 불꽃도 꺼졌다. 어둠과 부패 그리고 붉은 죽음이 모든 것을 무한히 점령했다.

—1842

구덩이와 추

여기 결백한 자들의 피에 목마른
추악한 고문관들의 무리가 끝없는 분노를 불렀다.
이제 우리 조국은 안전하고 죽음의 동굴은 무너졌으니,
한때 잔혹한 죽음이 있던 그곳에 생명과 구원이 자리하리라.
_파리 자코뱅 클럽 하우스 터에 지어진 시장 입구에 새기기 위한 4행시

속이 울렁거렸다—오랜 고통으로 죽을 만큼 메스꺼웠다. 마침내 그들이 내 결박을 풀어주고 앉게 해주었을 때는 감각이 스러져가는 기분이었다. 그 판결—두려워하던 사형 선고는 내 귀에 마지막으로 또렷하게 들린 말이었다. 그 이후 종교재판관들의 목소리는 하나의 몽롱한 웅얼거림으로 합쳐진 듯했다. 그 소리에 혁명이란 단어가 뇌리에 전달되었다. 아마도 상상 속에서 물레방아 도는 소리와 연결되어서였을 것이다. 하지만 그건 아주 잠깐이었고 지금은 아무 소리도 들리지 않았다. 한동안 나는 보았다. 하지만 그걸 봤

다고 할 수 있을까! 나는 검은 법복을 입은 판사들의 입술을 보았다. 내게는 그 입술이 하얗게 보였다. 이 글을 쓰고 있는 종이보다 더 하얬고, 섬찟할 만큼 얇았다. 그들의 엄격한 표정, 그 확고부동한 결의, 인간의 고통에 대한 단호한 경멸이 강렬하게 드러나는 얇은 입술. 내게 있어 운명이 될 판결이 그 입술에서 흘러나오고 있는 것이 보였다. 내 이름을 발음하는 것을 보았지만 아무런 소리로도 이어지지 않아 몸서리가 쳐졌다. 또한 미칠 듯한 공포의 한순간, 벽에 둘러친 검은 천이 부드럽게 보일 듯 말 듯 흔들리는 것도 보았다. 그런 다음 내 시선은 테이블 위의 길쭉한 촛불로 향했다. 처음에는 자비로워 보이는 것이 나를 구하러 온 하얗고 가느다란 천사들 같았다. 하지만 이내 갑자기 지독하기 짝이 없는 메스꺼움이 내 정신을 덮쳐오더니 마치 배터리 전선을 건드린 듯 온몸의 세포 하나하나가 전율하고, 천사의 형상은 머리에 불길을 뒤집어쓴 무의미한 구경꾼이 되었으며, 내게 어떤 도움도 주지 않으리라는 것을 알았다. 그다음은 무덤 안은 얼마나 달콤한 휴식일까 하는 생각이 유려한 음악처럼 뇌리를 파고들었다. 그 생각은 남몰래 살며시 찾아왔지만 한참 지나서야 그 온전한 의미가 와 닿았다. 하지만 드디어 그걸 제대로 느끼고 고려하려는 찰나, 마법처럼 내 앞에서 판사들의 모습이 사라지고, 긴 양초들도 무無가 되었으며, 촛불은 완전히 꺼져버렸다. 새카만 어둠이 뒤따랐다. 지옥으로 추락하는 영혼처럼 모든 감각이 집어 삼켜진 듯했다. 그리고 정적이, 고요함이, 밤이 세상을 지배했다.

나는 기절했다. 하지만 그래도 모든 의식을 잃은 것은 아니었다. 남아 있는 그것을 뭐라 정의하거나 설명하진 않겠지만, 아무튼 모두 잃은 것은 아니었다. 깊은 잠에서도— 아니! 착란 속에서도— 아니! 기절한 중에도— 아니! 죽음 가운데서도— 아니! 무덤 속에서조차 모두 잃은 것은 아니었다. 그렇지 않다면 인간에게 불멸은 없을 것이다. 깊은 단잠에서 깨어나 가는 거미줄 같은 꿈을 걷어냈다. 그러나 그 직후 (그 거미줄은 너무나 여리기 그지없어) 인간은 꿈을 꾸었다는 것조차 기억하지 못한다. 혼절했다가 깨어나 현실로 돌아오는 과정엔 두 단계가 있다. 먼저 정신적 또는 영적 단계가 있다. 둘째로는 육체적, 실체적 단계다. 두 번째 단계에 도달해서 첫 번째 단계에서 받은 인상을 떠올릴 수 있다면 그 너머 간극의 기억이 잘 드러났음을 알게 될 것이다. 그리고 그 간극은—무엇일까? 어떻게 하면 그 간극의 그림자를 무덤의 그림자와 최소한의 구별이라도 할 수 있게 할까? 하지만 내가 첫 번째 단계라고 했던 것의 인상을 뜻대로 떠올릴 수는 없어도 오랜 시간이 흐른 후 그것이 문득 떠오르며 도대체 어디서 이런 게 왔을까 의아해하지 않을까? 기절해본 적 없는 사람은 이글이글 타는 석탄을 보며 이상한 궁전과 기묘하게 익숙한 얼굴을 떠올리지 않을 것이다. 많은 이들이 보지 못할 슬픈 환영이 허공에 떠다니는 것을 보지 않을 것이다. 어느 신기한 꽃의 향기로 인해 상념에 잠기지 않을 것이다. 이전까지는 신경 써본 적 없는 선율의 의미에 머리가 멍해지지도 않을 것이다.

기억해내려 자주 생각에 잠겨 애쓰는 사이, 내 영혼이 빠져들었던 무無의 상태의 흔적을 모으려 다시 애쓰는 사이, 가끔 해냈다고 여기길 때가 있다. 나중에 명료한 이성을 통해 보면 그 무의식 같은 상태와 관련이 있다고 여길 수밖에 없는 순간의 기억이 아주 짧게나마 떠오를 때가 있다. 이 기억의 그림자에는 키 큰 형상들이 침묵 속에 나를 들어 올려 그 끝나지 않는 하강을 생각만 해도 끔찍한 어지럼증이 덮쳐오는 아래로, 아래로, 더 아래로 데려갔다. 또한 심장이 부자연스럽게 잠잠해지며 막연한 공포가 자리했다. 그러더니 모든 것이 돌연 움직임을 멈춘 듯한 감각으로 찾아왔다. 마치 나를 데려가던 이들이(끔찍한 기차!) 하강 중 무한의 한계를 넘어섰고, 그 고됨에 지쳐 멈춰선 듯했다. 그다음엔 평평하고 축축한 것이 뇌리에 떠올랐고, 그 후엔 모든 것이 광기였다—금지된 것들 사이에서의 분주한 광기의 기억이었다.

난데없이 내 영혼에 움직임과 소리가 돌아왔다. 사

나운 심장의 움직임, 그리고 내 귀에 들려오는 박동 소리. 그러더니 모든 것이 멈추고 모든 것이 사라졌다. 그러더니 다시 소리가, 움직임이, 촉각이—전신으로 퍼져가는 찌릿찌릿한 감각이. 그러더니 생각은 정지하고 그저 존재에 대한 의식만 남은 상태가 오래 지속되었다. 그러더니 갑자기 생각이, 그리고 몸서리쳐지는 공포가, 내 진짜 상태가 어떤지 알고 싶다는 절박한 노력이 뒤따랐다. 그다음은 무감각 상태로 빠져들고 싶은 강력한 갈망, 그러고는 급격하게 영혼이 되살아나고 움직이고자 하는 노력이 성공을 거두었다. 이제 재판, 판사들, 검은 천, 판결, 메스꺼움, 기절이 전부 기억났다. 하지만 그다음에 이어진 일은 완전히 잊어버렸다. 뒷날의 일은 모조리 망각했고 애써 간신히 희미하게만 떠올릴 수 있었다.

이제까지 나는 눈을 뜨지 않았다. 묶이지 않은 채 누워 있는 느낌이었다. 손을 뻗으니 축축하고 단단한 것이 탁 하고 부딪혔다. 나는 그대로 한참 있으면서 여기가 어디며 어떤 상황일지 상상하려 애썼다. 눈으로 보고 싶었지만 차마 그럴 용기가 나지 않았다. 내 주위를 처음 볼 순간이 두려웠다. 끔찍한 것을 보게 될까 봐 무서운 게 아니라, 눈에 들어오는 게 아무것도 없을까 봐 두려웠다. 마침내 절박한 마음으로 눈을 번쩍 떴다. 최악의 상상은 확실시되었다. 한없는 암흑이 나를 둘러싸고 있었다. 나는 숨을 쉬려 애썼다. 그 짙은 암흑이 나를 누르고 숨 막히게 했다. 공기가 못 견디게 갑갑했다. 나는 가만히 누워 이성을 되찾으려 노력했다. 심문 절차를 떠올리며 그 시점에서부터 내 실제 상황을 추론하려 했다. 판결은 내려졌다. 그리고 그 후로 아주 긴 시간이 지난 듯했다. 그러나 단 한 순간도 내가 진짜 죽었다고 여기진 않았다. 소설에서 읽은 바와는 달리 그런 가정은 실제 현실과 맞지 않았다. 하지만 여긴 어디고 나는 어떤 상태일까? 사형선고를 받은 사람들은 보통 화형에 처하며, 내가 재판을 받은 바로 그날 밤에도 화형 집행이 있었다. 지하감옥으로 돌려보내져 앞으로 몇 달 동안은 없을 화형 집행을 기다리게 된 걸까? 그게 아니라는 건 금방 알 수 있었다. 희생자들은 그 즉시 형에 처해진다. 게다가 내가 있던 지하감옥은 톨레도의 모든 저주받은 감방들과 마찬가지로 바닥이 돌로 되어 있었고 빛이 완전히 차단되진 않았었다.

갑자기 무서운 생각에 심장의 피가 격동했고, 한순간 다시 의식을 잃었다. 정신을 차리고 벌떡 일어나 나는 온몸을 발작하듯 떨었다. 팔을 위아래 사방으로 마구 휘저었다. 아무것도 만져지지 않았다. 하지만 무덤의 벽과 맞닥뜨릴까 두려워 한 걸음도 움직일 수가 없었다. 모든 모공에서 진땀이 솟고 이마에도 송골송골 맺혔다. 고통스러운 초조함이 결국 견딜 수 없을 만큼 커져 나는 팔을 뻗은 채 조심스레 나아가며 희미한 빛이라도 붙들어

보려 눈에 힘을 잔뜩 주고 부릅떴다. 몇 걸음 나아갔다. 하지만 사방은 여전히 새카맣고 텅 비어 있었다. 나는 좀 더 편안히 숨을 쉬었다. 최소한 가장 끔찍한 운명은 면한 듯했다.

그리고 여전히 조심조심 나아가던 중 톨레도의 공포에 대해 들은 수많은 모호한 소문들이 떠올랐다. 지하 감옥에 대해선 이상한 이야기들이 돌았고, 나는 다 지어낸 이야기려니 하고 말았지만 그래도 이상했다. 어디 가서 속삭임으로도 옮기지 못할 오싹한 일들이었다. 이 어둠의 지하 영역에 굶어 죽도록 버려진 걸까? 아니면 혹시 그보다 훨씬 더 두려운 운명이 기다리고 있는 걸까? 판사들의 성향을 익히 알기에 그 결과는 죽음일 것이며 통상적인 괴로움보다 더한 죽음일 것이라는 걸 확신했다. 단 그 죽음이 어떤 식이며 언제일지가 내 뇌리를 차지해 정신을 산란하게 했다.

앞으로 뻗은 손이 드디어 뭔가 단단한 장애물에 닿았다. 벽이었다. 돌을 쌓아 올린 벽 같았고, 표면이 반반하며 미끈거리고 차가웠다. 나는 그 벽을 따라갔다. 옛날 이야기가 떠올라 불안한 마음에 조심조심 발을 디뎠다. 하지만 이런 식으로는 지하감옥의 크기를 가늠할 길이 없었다. 벽을 따라 빙 돌아서 시작했던 자리로 돌아와도 그 사실을 인지할 길은 없었다. 벽은 너무나 완벽하게 균일했다. 그래서 심문실로 끌려갈 때 주머니에 넣어두었던 칼을 찾아보았으나 나오지 않았다. 내가 걸친 옷은 거친 천으로 된 가운 같은 것으로 바뀌어 있었다. 나는 칼날을 돌벽 틈새에 박아 내 출발점을 표시할 작정이었다. 별거 아닌 일이긴 해도 공상 같은 혼란스러운 와중이라 처음에는 해결할 수 없을 듯 보였다. 나는 가운 옷자락을 뜯어 벽과 직각 방향으로 길게 놓았다. 벽을 따라 감방을 빙 돌다 보면 이 천조각과 다시 맞닥뜨리지 않을 수 없을 것이다. 적어도 난 그렇게 생각했지만 지하감옥의 넓이나 약해진 내 몸 상태를 미처 염두에 두지 못했다. 바닥은 축축하고 미끌미끌했다. 한동안 비틀비틀 나아가던 나는 넘어져서 쓰러지고 말았다. 그리고 기진맥진한 채 엎드려 있다가 그만 그대로 잠들어버렸다.

깨어나서 한 손을 뻗어보니 옆에 빵 한 덩이와 물주전자가 놓여 있었다. 너무 지쳐서 지금 이 상황을 궁리할 기운도 없었지만, 우선 허겁지겁 먹고 마셨다. 그러고 나서 곧 다시 감방 탐사에 나섰고, 고생 끝에 마침내 천조각을 만났다. 내가 넘어진 시점까지 쉰두 걸음이었고, 다시 걷기 시작하여 천조각에 이르기까지 마흔여덟 걸음을 더 걸었다. 그러니 전부 해서 백 걸음이다. 그럼 두 걸음을 1미터라 치면 지하감옥 둘레가 50미터쯤 되리라고 나는 어림짐작했다. 하지만 벽은 여기저기 꺾어지는 부분이 많았기에 지하 감방 모양을 짐작할 수는 없었다. 일단 지하가 아니라고는 생각하기 어려웠다.

딱히 목적 있는 조사는 아니었고, 희망은 당연히 없었지만, 막연한 호기심에 계속 진행했다. 벽은 그만두고 감옥 내부를 가로질러보기로 마음먹었다. 처음에는 아주 조심스럽게 나아갔다. 바닥이 단단한 소재인 것 같기는 했지만 미끈거려서 위험천만했다. 마침내 용기를 내 망설임 없이 굳게 발을 내디뎠고, 가능한 한 똑바로 가로지르려 했다. 이런 식으로 열 걸음에서 열두 걸음쯤 나아가다가 찢어진 가운 자락이 다리 사이에서 뒤엉키고 말았다. 나는 옷자락을 밟고 호되게 넘어져 얼굴을 바닥에 박았다.

넘어져서 정신이 혼미해지는 바람에 조금은 놀랄 만한 상황이었음에도 금방 깨닫지 못했다. 몇 초 지나 여전히 넘어져 있는 와중에야 깨달았다. 내 턱은 감방 바닥에 닿아 있는데, 입술과 얼굴 위쪽은 비록 턱보다 약간 들려 있다고는 해도 아무것에도 닿아 있지 않았다. 동시에 이마를 축축한 습기가 감싸는 듯했고, 썩은 곰팡이 특유의 냄새가 콧구멍으로 흘러들어왔다. 팔을 뻗어보고 내가 둥그런 구덩이 가장자리에서 넘어졌음을 발견하고 몸서리쳤다. 그 깊이는 당시로써는 물론 헤아릴 방법이 없었다. 가장자리 바로 아래 돌벽을 더듬어 작은 돌조각을 빼내 심연으로 떨어뜨렸다. 몇 초 동안 돌이 떨어지며 구덩이 벽면 여기저기에 부딪히는 소리에 귀를 기울였고, 마침내 풍덩 물에 떨어지는 소리와 함께 큰 메아리가 이어졌다. 동시에 뭔가 빠르게 열리는 듯한 소리가 나더니 금방 머리 위에서 다시 문이 닫히는 소리가 났다. 그리고 희미한 빛 한 줄기가 갑자기 어둠을 관통하더니 마찬가지로 갑자기 스러졌다.

내 앞에 마련된 파멸을 똑똑히 확인하고, 때맞춰 넘어져 그걸 모면했으니 다행이라고 자축했다. 넘어지기 전에 한 걸음만 더 나아갔더라면 나는 세상에서 사라졌을 것이다. 그리고 방금 모면한 죽음은 종교재판과 관련된 이야기에서 터무니없고 어리석다 치부했던 바로 그런 내용이었다. 그 폭정의 희생자들에게는 직접적인 육체적 고통의 죽음 또는 가장 끔찍한 정신적 공포가 따르는 죽음이 주어졌다. 나는 후자에 해당되었던 것이다. 오랜 고생으로 신경이 예민해져 내 목소리는 벌벌 떨렸고, 나를 기다리고 있을 고문에 모든 면에서 딱 맞는 대상이 되었다.

사지를 후들후들 떨며 나는 더듬더듬 벽으로 돌아갔다. 구덩이의 공포를 무릅쓰느니 그냥 거기서 죽을 심산이었다. 내 상상력은 이제 지하감옥 곳곳에 구덩이가 있을 것이라 그려내고 있었다. 다른 정신 상태였다면 그 심연 속으로 뛰어들어 이 비참함을 단번에 끝내버릴 용기를 냈을지 모르지만, 지금은 그야말로 겁쟁이였다. 저런 구덩이에 대해 읽었던 내용을 떨쳐버릴 수가 없었다. 갑자기 생명을 끝내버리는 건 저들의 끔찍하기 짝이 없는 계획에 있을 리 없다.

초조한 마음에 한참 동안 깨어 있었지만 결국 다시 잠에 굴복했다. 깨어나 보니 이전과 마찬가지로 옆에 빵 한 덩이와 물주전자가 있었다. 목이 타들어 가는 듯해서 물주전자를 한 번에 비웠다. 약이 들어 있었던 게 틀림없다. 물을 마시자마자 참을 수 없이 졸렸다. 죽음처럼 깊은 잠이 나를 찾아왔다. 얼마나 오래 잤는지는 물론 알 수 없었다. 하지만 또다시 눈을 뜨자 주위의 사물들이 보였다. 어디서 나오는지는 처음엔 알 수 없었지만, 괴이하고 누르스름한 빛 덕분에 감옥의 크기와 형태를 살필 수 있었다.

크기는 내가 크게 착각하고 있었다. 벽 전체 둘레는 25미터를 넘지 않았다. 나는 이 사실에 대해 얼마간 괜한 헛수고를 하고 있었다. 헛되다고 할 수밖에 없는 것이 내가 처한 이 끔찍한 상황에서 지하감옥의 크기 따위만큼 중요하지 않은 일이 또 뭐가 있을까? 하지만 사소한 것에 괜한 관심이 갔고, 나는 측정할 때 저지른 실수의 이유를 풀기 위해 애썼다. 마침내 답이 뇌리에 번뜩 떠올랐다. 처음 탐사에 나섰을 때 나는 넘어지기 전까지 쉰두 걸음을 셌다. 그때 천조각까지 한두 걸음 못 미친 위치였을 것이다. 사실 감방을 거의 한 바퀴 다 돌았던 것이다. 그런 다음 잠들었고 깨어나서 왔던 길을 되짚어 돌아갔을 테니 실제보다 거의 두 배 둘레로 추정했던 것이다. 정신이 혼란스러운 와중이라 처음 탐사를 시작했을 때는 벽이 내 왼쪽에 있었고, 끝날 때는 오른쪽에 있었던 것을 눈치채지 못했던 것이다.

감옥 형태에 있어서도 잘못 알고 있었다. 손으로 더듬어 가던 중 각진 부분을 많이 만났고, 그래서 굉장히 불규칙한 형태라고 추정했다. 완벽한 어둠 속에서 혼수상태나 잠에서 깨어난 게 그 정도로 영향이 크다니! 각진 부분은 그저 띄엄띄엄 자리한 약간 패인 부분이었을 뿐이다. 감방의 전반적인 모양은 사각형이었다. 내가 돌벽이라고 여겼던 것은 이제 보니 철이나 아니면 다른 금속으로 된 거대한 판이었고, 그 판들을 접합하거나 연결한 부분이 패인 것이었다. 이 금속 감옥의 전체 표면에는 수도사들의 으스스한 미신이 만들어낸 온갖 끔찍하고 혐오스러운 장치들이 달려 있었다. 해골 형태를 한 위협적인 악귀와 그 외 더 진짜 무시무시한 형상들이 벽을 뒤덮고는 일그러져 있었다. 이 괴물들의 윤곽은 충분히 뚜렷했으나 그 색깔은 축축한 공기의 영향인지 바래고 흐려져 있었다. 이제 돌로 된 바닥이 눈에 들어왔다. 그 중심에는 내가 빠질 뻔했던 둥근 구덩이가 입을 벌리고 있었지만, 감옥 안에 구덩이는 그것 하나뿐이었다.

내가 본 모든 것은 불분명했고 아주 애를 써야만 했다. 자는 사이 내 상황이 크게 바뀌었기 때문이다. 나는 이제 나지막한 나무틀 같은 것에 등을 대고 길게 누워 있었다. 그리고 이 틀에 뱃대끈 같은 긴 끈으로 단단하게 묶여 있었다. 팔다리와 몸을 칭칭 감아놔서 머리와 왼팔만 겨우 움직일 수 있었고, 기를 써야 옆의 바닥에 놓인 도기 접시에 놓인 음식을 먹을 수 있었다. 끔찍하게도 물 주전자는 치워지고 없었다. 끔찍하다고 한 이유는 참을 수 없는 갈증에 사로잡혀 있었기 때문이다. 이 갈증은 내 고문자들이 의도한 바인 모양으로 접시에 담긴 음식은 자극적으로 양념한 고기였다.

위를 올려다보며 나는 감방 천장을 살폈다. 높이는 10미터쯤으로 옆쪽 벽과 비슷하게 지어져 있었다. 그 금속판 중 아주 유별난 형체가 내 눈길을 사로잡았다. 일반적인 방식으로 표현된 시간을 표시하는 그림이었는데, 큰 낫 대신 얼핏 보면 골동품 시계에서나 볼 수 있는 거대한 추 같은 것을 들고 있었다. 하지만 이 기계의 외관이 어쩐지 마음에 걸려 좀 더 자세히 살피게 되었다. 그걸 똑바로 올려다보고 있는 사이(그림의 위치가 바로 내 위쪽에 있었다) 그 추가 움직이는 것 같은 기분이 들었다. 바로 직후 그게 기분이 아님이 확인되었다. 추의 움직임은 짧고 매우 느렸다. 나는 몇 분간 약간은 두려움 속에, 하지만 그보다는 경외감 속에 그걸 지켜보았다. 그 지루한 움직임을 관찰하는 데 진력이 나서 나는 감방의 다른 물건들로 눈길을 돌렸다.

작은 소리가 들려 바닥을 보니 커다란 쥐 몇 마리가

가로지르고 있었다. 놈들은 내 오른쪽 시야 안에 간신히 들어오는 구덩이에서 나왔다. 내가 지켜보는 사이에도 쥐들은 떼로 몰려와 고기 냄새에 이끌려 허기진 눈빛으로 바삐 올라왔다. 고기에서 놈들을 겁줘 쫓아 보내려면 무척이나 애를 쓰고 신경 써야 했다.

반 시간, 어쩌면 한 시간쯤 되었을까(시간을 어림짐작할 수밖에 없었기에), 나는 다시 눈길을 위로 돌렸다. 그때 눈에 들어온 광경에 어리둥절하고 놀랐다. 추의 운동 폭이 거의 1미터가량 늘어나 있었다. 당연한 결과로 속도 역시 훨씬 빨라졌다. 하지만 나를 가장 불안하게 한 것은 그게 눈에 띄게 아래로 내려왔다는 점이다. 추의 양 끝은 초승달 모양의 번들거리는 강철로 이 끝에서 저 끝까지 약 30센티미터 길이였다. 뾰족한 양 끝은 위를 향해 있었고 아래쪽 가장자리는 면도날만큼이나 날카로운 것을 보고 나는 두말할 필요도 없이 경악했다. 또한 면도날처럼 가장자리 위쪽으로 갈수록 크고 묵직해 보였다. 묵직한 놋쇠 봉에 매달려 있었고, 공기를 가로지르며 쉬익 소리를 냈다.

고문의 천재인 수도사들이 나를 위해 준비한 파국을 이제 더는 의심할 필요가 없었다. 내가 구덩이의 존재를 알아챘음을 종교재판관들이 알게 된 것이다. 나처럼 꺾이지 않는 자들을 위해 마련한 공포의 구덩이, 그리고 소문에 따르면 모든 처벌의 최종 도착지로 여겨지는 지옥 같은 구덩이, 순전히 우연으로 나는 이 구덩이에 빠지는 것을 모면했으며, 그 놀라움 또는 고통스러움 속에 가두는 것이 이 지하감옥이 가진 죽음의 괴기함에서 가장 중요한 부분을 형성한다는 것을 알았다. 구덩이에 추락하지 않았다 해도 나를 심연으로 밀어 넣는 것이 그 악마적인 계획의 다가 아니었다. 그러므로(대안은 없음으로) 좀 더 온건한 다른 파멸이 나를 기다리고 있었다. 온건하다니! 내가 그런 표현을 적용했다는 생각에 놀라운 와중에서도 쓴웃음이 났다.

닥쳐오는 강철의 왕복 운동을 헤아리며 보낸, 죽음보다 더한 그 길고 긴 공포의 시간에 대해 말해봐야 무슨 소용이 있을까! 여러 세기는 걸려야 그 하강한 정도가 보일 정도로 조금씩 조금씩 내려오고 있었다! 며칠이 흘렀다—아주 여러 날이 흘렀을 것이다—그 매서운 숨결이 내게 훅 끼쳐올 정도로 내 위로 아주 가까이 내려왔다. 날카로운 쇠 냄새가 콧속을 파고들었다. 나는 기도했다. 하늘도 지겨워할 만큼 저것이 더 빨리 내려오기를 기도했다. 나는 점점 미쳐갔고, 그 무서운 언월도의 궤적을 향해 몸을 일으키려 몸부림쳤다. 그러다가 갑자기 마음이 차분해져 신기한 장난감 보듯 그 번뜩이는 죽음을 향해 미소 지었다.

또다시 정신을 잃었다. 아주 잠깐이었다. 다시 정신을 차렸을 때 추가 더 내려온 것처럼 보이지 않았기에 알 수 있었다. 하지만 오랫동안이었을지도 모른다. 그 악마들은 내가 기절한 것을 알아채고 재미를 위해 추를 멈춰뒀을 수도 있으니까. 의식을 되찾고 나자 오랫동안 영양실조에 걸려 있기라도 한 것처럼 뭐라 말할 수 없이 어지럽고 힘이 없었다. 그러한 고통 중에서도 인간의 본능은 음식을 갈구했다. 나는 힘겹게 묶인 끈이 허락하는 한에서 왼손을 뻗어 쥐들이 남겨놓은 약간의 찌꺼기를 붙잡았다. 그 일부를 입안에 넣는 순간 기쁨이— 희망이 반쯤 마음에 솟구쳤다. 그러나 희망이 내게 무슨 소용인가? 말했듯이 반쯤 떠오르다 만 것이고 인간에겐 그런 식으로 결코 완성되지 않는 생각이 많은 법이다. 나는 그게 기쁨임을, 희망임을 느꼈으나 또한 형성되는 와중에 스러졌음도 알았다. 그걸 완성하려고, 되찾으려고 애썼으나 허사였다. 오랜 고통으로 일반적인 사고력은 거의 소멸되고 말았다. 나는 얼간이, 멍청이였다.

추의 왕복 운동은 내 몸을 가로질러 계속해서 흔들리고 있었다. 그 하강 위치가 내 심장 부근을 가로지르게 되어 있음을 보았다. 내 가운 옷감을 갉고 반복하면서 왕복을 되풀이할 것이다. 무시무시하게 폭이 넓게(약 10미터나 그 이상) 움직이고 있으며, 그 쉭쉭거리며 하강하는 기세가 철벽을 가르고도 남을 정도였으나, 몇 분간은 옷자락을 갉는 정도가 전부일 것이다. 그 생각에 나는 잠시 멈칫했다. 차마 이 상념을 계속 이어갈 수가 없었다.

나는 끈질기게 그 생각에 매달렸다. 마치 그렇게 매달리면 저 강철이 내려오는 것을 막을 수 있기라도 한 듯이. 칼날이 하강하여 옷 위를 가로지를 때의 소리를, 옷감이 신경과 마찰하는 오싹한 감각을 억지로 생각해보았다. 이를 악물고 이딴 온갖 사소한 생각에 매달려 있었다.

아래로— 꾸준히도 그것은 내려왔다. 나는 추의 하강 속도와 왕복 속도를 비교하는 데 정신 나간 듯 재미를 느꼈다. 오른쪽으로— 왼쪽으로— 멀리— 넓게— 저주받은 영혼이 비명을 지르며! 호랑이의 소리 없는 걸음처럼 내 심장을 향해! 나는 이 생각 저 생각에 웃다 울부짖기를 거듭했다.

아래로— 확실하게 쉬지 않고 내려왔다! 내 가슴에서 10센티미터 위를 왕복했다! 나는 왼팔을 빼내려고 격하게 버둥거렸다. 팔꿈치에서 손까지만 움직일 수 있었다. 기를 쓰면 옆에 놓인 접시에서 내 입까지 손은 움직일 수 있으나 그 이상은 불가능했다. 팔꿈치 위쪽 결박을 풀 수 있다면 저 추를 붙잡아 막을 수 있을 것이다. 눈사태를 막으려 드는 것과 마찬가지겠지만!

아래로— 여전히 그치지 않고— 여전히 피할 수 없이 내려왔다! 매번 왕복할 때마다 나는 헐떡이며 몸부림쳤다. 그게 오갈 때마다 발작적으로 몸을 움츠렸다. 무의미한 절망을 담은 눈으로 멀어져갔다 올라가는 추를 열렬히 뒤따랐다. 추가 내려올 때면 눈이 절로 질끈 감겼다. 죽는 것이 차라리 마음이 편하겠지만, 달리 무슨 말이 필요한가! 그래도 장치가 조금만 내려와도 저 번뜩이는 날카로운 도끼가 내 가슴에 박히리란 생각에 온몸의 신경이 떨렸다. 신경이 떨리는 것은, 몸이 움츠러드는 것은 희망 때문이다. 고문대 위의 승리인 희망, 종교재판소의 지하감옥에서조차 사형수들에게 속삭이는 그것은 희망이었다.

열 번 내지는 열두 번 더 왕복하면 강철 칼날이 내 옷에 닿으리라고 보았다. 그리고 이렇게 가늠하고 나니 갑자기 차분하게 가라앉아 있던 절망이 내 정신을 뒤덮었다. 몇 시간 만에, 아니 어쩌면 며칠 만에 처음으로 나는 생각했다. 나를 묶은 결박 또는 뱃대끈이 하나뿐이라는 생각이 이제야 들었다. 별도의 줄은 없었다. 면도날 같은 초승달 모양의 칼날이 그 끈의 어느 부분이든 처음 스치면 끈이 끊어지며 왼손으로 풀어낼 수 있을지도 모른다. 하지만 그럴 경우 강철 칼날이 얼마나 무시무시하게 가까울까! 조금만 몸부림쳐도 그 결과가 얼마나 치명적일까! 게다가 고문자의 수하들이 그런 가능성을 진작에 예측하고 대비하지 않았을까? 내 가슴을 가로지른 결박이 추의 궤적에 일치할까? 아마도 마지막일 희미한 희망이 좌절될까 두려워 나는 가슴 쪽을 제대로 보려 고개를 쳐들기까지 했다. 뱃대끈은 내 팔다리와 몸을 사방팔방 묶고 있었지만 초승달 모양의 칼날이 떨어질 경로만은 제외되어 있었다.

고개를 원래 자리에 떨구기가 무섭게 아까 타들어 가는 입술에 음식을 가져갈 때 막연히 뇌리를 스쳤을 뿐인, 앞서 언급한 반쪽짜리 탈출 계획의 나머지 절반이라 할 수 없는 생각이 번뜩 뇌리에 떠올랐다. 이제 전체 계획이 머리에 자리했다. 부족하고, 제정신이라 하기도 어렵고, 확실하다고 할 수는 없지만, 그래도 이제 완성되었다. 나는 절박함에 초조한 에너지로 당장에 실행에 옮겼다.

내가 누워 있는 낮은 틀 근처에는 몇 시간째 말 그대로 쥐 떼가 들끓고 있었다. 쥐들은 거칠고 겁이 없으며 굶주려 있었다. 그 새빨간 눈이 마치 나를 자기들 먹이로 삼으려 움직이지 않기만을 기다리는 듯 나를 향해 번뜩이고 있었다. '저놈들이 구덩이 속에서 어떤 걸 먹고살았을까?' 나는 생각했다.

온 힘을 다해 막으려 애썼음에도 불구하고 쥐들은 접시에 담겨 있던 음식을 거의 다 먹어 치웠다. 쫓아내려 접시 주위로 손을 흔들어댔으나 이제 그냥 습관적으로 하는 것에 불과했고, 결국엔 그 무의식적인 규칙적 움직임은 효과조차 없어지고 말았다. 욕심 사나운 쥐들은 자주 그 날카로운 이빨을 내 손가락에 박곤 했다. 남아 있는 기름지고 진한 양념의 음식 찌꺼기를 손 닿는 곳마다 결박에 골고루 발랐다. 그런 다음 바닥에 내렸던 손을 올리고 꼼짝 않고 누워 있었다.

처음엔 탐욕스러운 짐승들이 그 변화에, 움직임이 멈춘 것에 놀라 겁먹은 듯 보였다. 경계심에 움츠러들었다. 많은 수가 구덩이 속으로 돌아갔다. 하지만 잠시뿐이었다. 놈들의 탐욕에 기대를 건 것은 허사가 아니었다. 내가 움직이지 않는 것을 보고 간 큰 놈 한두 마리가 나무틀 위로 뛰어올라 뱃대끈을 킁킁거리며 냄새 맡았다. 이것이 다들 몰려와도 된다는 신호였던 모양이다. 구덩이에서 새로 쥐 떼가 허겁지겁 줄지어 나왔다. 쥐들은 나무틀에 매달리고, 그 위를 달리고, 내 몸 위로 수백 마리가 뛰어올랐다. 추의 일정한 움직임 따위 전혀 신경 쓰지 않았다. 칼날을 피해 쥐들은 묶은 끈에 바삐 매달렸다. 놈들이 나를 누르고 내 위에 점점 우글우글 쌓여갔다. 내 목 위에서 꿈틀거렸다. 그 차가운 주둥이가 내 입술에 닿았다. 몰려든 무게에 나는 반쯤 숨이 막혔다. 뭐라 이름 붙일 수 없는 역겨움이 가슴에 치밀고, 무겁고 축축함에 심장이 싸늘해졌다. 하지만 일 분쯤 지나 고난이 끝났음을 나는 느꼈다. 결박이 느슨해졌음을 분명히 느꼈다. 이미 한두 군데 넘게 끊어졌음을 알았다. 초인적인 의지로 나는 가만히 누워 버텼다.

내 계산은 틀리지 않았다. 인내는 헛수고가 아니었다. 마침내 자유가 되었음을 느꼈다. 뱃대끈은 조각나서 내 몸 위에 늘어져 있었다. 하지만 왕복하는 추의 움직임이 이미 내 가슴을 눌러오고 있었다. 가운 옷자락을 베었다. 그 아래 속옷을 갈랐다. 두 번 더 추가 오가자 날카로운 고통이 온몸을 관통했다. 하지만 탈출의 때가 왔다. 손을 흔들자 구조자들은 서둘러 도망갔다. 조심스럽게 옆쪽으로 움츠리며 나는 천천히 움직였고, 줄의 결박과 언월도의 왕복 범위에서 벗어났다. 최소한 일단 자유였다.

자유! 그것도 종교재판소의 손아귀에서 벗어나다니! 공포의 나무틀에서 벗어나 감옥 돌바닥에 발을 딛기가 무섭게 지옥의 기계 장치의 움직임 또한 멎었고, 보이지 않는 힘에 의해 그게 천장으로 끌려 올라가는 것이 보였다. 이는 내가 절대로 명심해야 할 교훈이었다. 내 행동거지 하나하나가 관찰되고 있음이 분명했다. 자유라! 나는 고통스러운 죽음 한 가지에서 벗어났을 뿐이었고, 죽음보다 더 괴로운 다른 고통으로 몰릴 것이다. 그런 생각에 나를 가두고 있는 주위의 철로 된 장벽을 불안하게 둘러보았다. 뭔가 이상한 것이, 처음에는 확실히 파악할 수 없었던 어떤 변화가 분명 감방 안에서 벌어지고 있었다. 한동안 멍하니 떨며 나는 헛되이 수수께끼를 풀려 애썼다. 그 사이 처음으로 감방 안을 밝힌 누르스름한 빛의 출처가 파악됐다. 감방 벽 아래쪽을 따라 한 바퀴 빙 둘러 나 있는 1센티미터 정도의 틈에서 새어 나오는 것으로, 벽이 바닥과 완전히 분리된 듯 보였다. 나는 그 틈 사이로 밖을 내다보려 애썼지만 물론 헛수고였다.

몇 번의 시도 끝에 포기하고 일어섰을 때 감방의 변화에 얽힌 수수께끼가 즉시 풀렸다. 아까 봤을 때 벽에 그려진 형체의 윤곽은 충분히 뚜렷했지만 그 색깔은 흐릿하고 불분명했다. 그 색깔이 이제 놀랄 만큼 강렬하게 빛났으며, 나보다 훨씬 더 간이 큰 사람이라도 전율할 만큼 괴기스럽고 악귀 같은 면모를 그림에 더하고 있었다. 좀 전까지만 해도 보이지 않던 거칠고 끔찍한 활기를 띤 악마의 눈이 사방에서 나를 노려보았고, 내 상상력을 비현실적이라고 치부할 수 없는 이글거리는 불길로 빛나고 있었다.

비현실적이라니! 숨 쉬고 있는 와중에도 쇠를 달군 냄새가 콧속에 스며드는데! 숨이 막힐 듯한 악취가 감방을 점령했다! 내 고통을 노려보는 눈에 담긴 불길이 시시각각 타올랐다! 그림으로 그려진 피의 공포 위로 더 새빨간 빛이 번졌다. 나는 숨을 헐떡였다! 숨이 가빠 헉헉거렸다! 고문자들의 의도는 의심할 여지가 없었다. 아! 이렇게 무자비할 수가! 아! 이렇게 악마 같은 자들이라니! 나는 이글거리는 금속 벽에서 물러나 감방 한가운데로 피했다. 임박한 화염 속에서의 죽음을 생각하니 서늘한 구덩이가 오히려 내 영혼을 달래주는 듯했다. 나는 죽음의 구덩이 가장자리로 달려갔다. 시린 눈을 아래로 향했다. 불붙은 천장의 불빛이 그 제일 깊은 구석까지 비췄다. 하지만 정신 나간 한순간, 내 정신은 눈으로 본 것의 의미를 이해하기를 거부했다. 결국 그게 억지로 내 영혼을 비집고 들어 몸서리치는 이성에 타듯이 박혀 들었다. 아! 무슨 수로 그걸 말할까! 그 끔찍함을! 그것만 제외한다면 어떤 공포라도 좋다! 비명을 지르며 나는 가장자리에서 물러났고 양손에 얼굴을 묻고 처절하게 흐느꼈다.

열기가 빠르게 그 정도를 더해갔다. 다시금 나는 위를 올려다보고 오한이라도 든 듯 몸서리쳤다. 감방에 두 번째 변화가 있었다. 그 변화는 형태 면에서 분명히 드러났다. 이전과 마찬가지로 처음에는 무슨 일이 벌어지고 있는지 파악하거나 이해하려 해봐야 허사였다. 하지만 의문은 오래가지 않았다. 내가 두 번이나 연속으로 탈출하는 바람에 종교재판소는 다급해졌고, 이제 공포 따위로 희롱하는 일은 더 이상 없었다. 감옥은 사각형이었다. 그 철로 된 모서리 두 군데가 지금은 뾰족하게 좁아지고, 그 결과 나머지 둘은 넓게 벌어졌다. 그 무시무시한 차이는 곧 낮게 으르렁거리는 소리 또는 신음소리와 함께 점점 더 커졌다. 순식간에 감방 형태가 마름모꼴로 바뀌었다. 하지만 변화는 거기에서 그치지 않았다. 내겐 그칠 거란 희망도 없었고 바라지도 않았다. 그 시뻘건 벽을 옷 삼아 가슴에 안고 영면에 들 수도 있었다. "죽음, 저 구덩이만 아니라면 어떤 죽음이라도!" 멍청하긴! 저 불타는 벽의 목적이 구덩이에 뛰어들게 만들려는 것임을 왜 몰랐을까? 저 열기를 견뎌낼 수 있을까? 그렇다 쳐도, 저 압력을 견딜 수 있을까? 그리고 이제 궁리할 시간조차 없을 만큼 빠르게 마름모가 점점 더 납작해지고 있었다. 그 중심부, 가장 폭이 넓은 부분은 바로 입을 벌리고 있는 그 구덩이 위였다. 나는 뒤로 물러섰으나 다가오는 벽이 나를 사정없이 앞으로 밀어붙였다. 결국 데이고 몸부림치는 내 몸이 발 디딜 곳이라고는 감옥 안에 한치도 남지 않았다. 나는 저항하기를 포기했으나 내 영혼은 고통 속에서 마지막으로 절망의 비명을 크고 길게 토해냈다. 나는 구덩이 가장자리에서 비틀거렸다. 눈길을 돌렸더니…….

왁자지껄한 사람 목소리가 들려왔다! 수많은 트럼펫이 요란스럽게 울려 퍼졌다! 수천 개의 천둥이 치듯 끼익거리는 소리가 났다! 불길의 벽이 물러났다! 기절하여 심연으로 쓰러지려는 내 팔을 어디선가 팔이 뻗어와 낚아챘다. 라살 장군이었다. 프랑스군이 톨레도에 입성했다. 종교재판소는 적들의 손아귀에 떨어졌다.

—1842

검은 고양이

내가 지금부터 쓰려는 이야기는 황당하기 그지없으나 또한 흔하기 짝이 없으며 남이 믿어주리라고는 기대하지도 부탁하지도 않는다. 정말이지 미친 소리가 될 터이며, 내 감각이 그 증거를 거부하는 경우가 되리라. 그러나 나는 미치지 않았다. 그리고 꿈을 꾼 것도 아니라고 확신한다. 하지만 내일 나는 죽을 것이니, 오늘 영혼의 짐을 덜고자 한다. 나의 당면한 목적은 가정사에 불과한 일련의 사건을 꾸미지 않고 있는 그대로 세상에 내놓고자 함이다. 결과적으로 이 사건으로 인해 나는 공포에 떨었고, 괴로워했고, 무너졌다. 그러나 구구절절 늘어놓진 않겠다. 내게 있어 그건 공포 그 자체였으나 다른 많은 이들에겐 그저 기괴한 일에도 못 미칠 것이다. 차후에, 어쩌면 지식인들이 내 망상을 일반적인 사건으로 축소시킬 방법을 찾을지도 모른다. 나보다 훨씬 차분하고 논리적이며 경거망동하지 않는 지식인이라면 내가 경외감을 가지고 묘사한 상황을 아주 자연스러운 원인과 결과의 평범한 인과관계로 인지할지도 모른다.

어릴 적부터 나는 유순하고 정이 많은 품성이었다. 마음 여린 것이 너무나 심한 나머지 친구들의 놀림거리가 되었다. 나는 특히 동물을 사랑했고, 부모님은 다양한 애완동물을 키울 수 있게 해주셨다. 나는 대부분의 시간을 이 동물들과 보냈으며, 이들에게 먹이를 주고 쓰다듬을 때면 더 이상 행복할 수가 없었다. 이런 독특한 성격은 자랄수록 심화되어 성인이 되자 인생의 주된 기쁨의 원천이 되었다. 충직하고 똑똑한 개에 애정을 가진 이들에겐 거기에서 우러나오는 크나큰 만족을 굳이 설명할 필요가 없을 것이다. 동물의 이타적이고 자기희생적 사랑은 인간의 하찮은 우정과 보잘것없는 의리를 수시로 시험하게 되는 입장인 사람의 마음에 곧장 꽂히는 무언가가 있다.

나는 일찍 결혼했고, 아내의 성향이 나와 다르지 않은 것을 발견하고 기뻤다. 애완동물에 대한 나의 애정을 알자 아내는 기회를 놓치지 않고 붙임성 있는 종류의 동물을 들였다. 우리는 새들, 금붕어, 훌륭한 개, 토끼들, 작은 원숭이, 그리고 고양이를 키웠다.

이 고양이는 유난히 크고 아름다웠으며, 몸 전체가 검은색이었고, 놀랄 만큼 영민했다. 그 영리함으로 말할 것 같으면, 상당히 미신을 신봉하는 내 아내가 검은 고양이는 전부 변신한 마녀라는 옛날 헛소리를 자주 들먹이곤 할 정도였다. 물론 아내가 그런 말을 진지하게 한 것은 아니며, 그런 일이 있었다는 점을 기억해두기 위해 말하는 것뿐이다.

플루토는—그 고양이 이름이다—내가 제일 사랑하는 애완동물이자 놀이 상대였다. 오직 나만 먹이를 주었고, 플루토는 집에서 내가 어딜 가든 함께했다. 놈이 길거리까지 쫓아오지 못하게 막는 게 어렵기까지 했다.

우리의 우정은 이런 식으로 몇 년 동안 이어졌고, 그사이 나는 술이라는 마귀에 홀려 전반적인 성질과 성격 면에서 (고백하기 부끄럽지만) 나쁜 쪽으로 극적인 변화를 겪었다. 날이 갈수록 더 음울해지고, 쉽게 짜증을 냈으며, 다른 이들의 감정에 둔감해졌다. 아내에게 경솔한 말을 내뱉었고 결국에는 아내에게 폭력을 행사하기에 이르렀다. 물론 동물들 역시 내 성격 변화를 느낄 수밖에 없었다. 그냥 방임한 정도가 아니라 학대했다. 하지만 토끼들, 원숭이, 개가 우연히든 아니면 애정 표현에서

든 내 앞에 얼쩡거릴 때 거리낌 없이 함부로 한 반면, 플루토에만은 여전히 자제력을 유지하여 함부로 구는 일이 없었다. 하지만 병은 나를 점점 더 좀먹어갔다. 알코올 중독같이 몹쓸 병이 또 있을까! 그리고 이제 나이를 먹어 까다로워진 플루토마저 이따금 내 고약한 성미에 치이기 시작했다.

어느 날 밤, 시내 단골 가게에서 잔뜩 취해 귀가한 나는 고양이가 나를 피한다는 생각이 들었다. 놈을 붙들자 나의 폭력성에 겁을 집어먹은 플루토는 이빨로 내 손에 작은 상처를 냈다. 그러자 악마 같은 분노가 즉각 나를 사로잡았다. 더 이상 나 자신이 아니었다. 내 원래 영혼은 몸에서 빠져나가 떠돌고 있는 듯했다. 그리고 술에 취한 극악한 악 이상의 무언가가 내 육체의 모든 세포를 뒤흔들었다. 나는 조끼 주머니에서 펜 나이프를 꺼내 펼쳐 들고, 그 불쌍한 짐승의 목덜미를 움켜쥔 다음, 부러 그 한쪽 눈을 파냈다! 그 저주받을 잔혹 행위를 쓰고 있자니 얼굴이 달아오르고 화끈거리며 몸서리가 쳐진다.

아침이 되어 지난밤 술기운이 깨고 이성이 돌아오자 내가 저지른 죄에 반은 경악하고 반은 회한의 마음이 들었다. 하지만 그래 봐야 미약하고 애매한 감정이었으며, 영혼은 그대로였다. 나는 다시 폭음에 빠져들었고 곧 와인에 취해 내가 저지른 짓은 까맣게 잊고 말았다.

그 사이 고양이는 천천히 회복되었다. 안구가 빠

진 눈구멍은 확실히 처참한 형상이었으나 더 이상 고통은 없어 보였다. 놈은 평소대로 집 안을 돌아다녔으나 예상할 법한 대로 내가 다가가면 질겁해서 도망쳤다. 예전의 마음도 상당히 남아 있었기에 한때 나를 그렇게나 사랑했던 존재에게서 이렇게 대놓고 싫어하는 취급을 받는 것에 처음엔 애통한 기분이 들었다. 하지만 이 기분은 곧 짜증으로 바뀌었다. 그리고 돌이킬 수 없는 최후의 파멸처럼 비뚤어진 기운이 찾아왔다. 이 기운은 이성으로는 설명할 수 없다. 하지만 이 비뚤어짐이야말로 인간 심리의 원시적인 본능이며, 인간의 특성을 규정하는 분리 불가능한 주된 특징, 또는 감정이라고 나는 확신한다. 악의적이거나 어리석은 행동인 줄 알면서도 단지 그래서는 안 된다는 이유만으로 죄를 저질러보지 않은 사람이 있을까? 이성적인 판단에도 불구하고 그래야만 한다는 것을 이해하기 때문에 도리어 법을 위반하고 싶은 충동이 항시 존재하지 않는가? 이 뒤틀린 심리가 내 최후의 몰락을 불러왔다. 자신을 괴롭히려는— 그 본성에 폭력을 내주고자 하는— 그저 잘못이기에 저지르고 싶어 하는— 이 알지 못할 충동이 덤벼들지도 않는 짐승에게 내가 가했던 부상을 결국 마무리 짓게 했다. 어느 날 아침, 멀쩡한 정신으로 나는 고양이의 목에 올가미를 걸어 나무에 매달았다. 눈물을 줄줄 흘리며 가슴에 쓰디쓴 회한을 품은 채 매달았다. 고양이가 나를 사랑했음을 알았기에, 그리고 해코지할 이유가 없었기에 매달았다. 그렇게 하는 것이 죄를 저지르는 짓임을, 지극히 자비롭고 무시무시한 신의 한없는 자비조차 미치지 않는(그런 것이 가능하다면) 곳으로 내 불멸의 영혼을 추락시킬 끔찍한 죄를 범하고 있음을 알았기에 매달았다.

이 끔찍한 행위가 있었던 날 밤, 나는 불이야 하는 고함 소리에 잠에서 깨어났다. 내 침실의 커튼이 불타고 있었다. 집 전체가 활활 타오르고 있었다. 아내와 하인, 그리고 나는 겨우 불길을 피해 빠져나올 수 있었다. 집은 완전히 파괴되고 말았다. 내 재산 전부를 화마가 집어삼켰고, 그로 인해 나는 절망으로 무너졌다.

나는 그 재난과 악행 사이에서 인과관계를 찾고자 할 만큼 나약하진 않다. 하지만 사실을 열거하고—가능한 연결고리 단 하나도 불완전하게 남겨두지 않고자 한다. 화재가 있고 난 다음 날 나는 잔해를 찾았다. 벽은 단 하나만 제외하고 모두 무너졌다. 그 남은 벽은 내벽으로 그렇게 두껍지 않았고, 집 한가운데쯤에 있었으며, 내 침대 머리 쪽에 면해 있던 벽이었다. 회반죽이 불길을 상당히 막아주었고, 최근에 회칠을 한 덕분이라고 나는 판단했다. 이 벽 근처에 사람들이 몰려들어 있었는데 많은 이들이 그 벽의 특정 부분을 흥미진진하게 골똘히 들여다보고 있었다. "희한하네!" "별일이야!" 하는 말이며 그 비슷한 소리가 들려와 나는 호기심이 동했다. 다가가 보니 하얀 표면에 부조로 새긴 듯이 거대한 고양이의 형체가 드러나 있었다. 그 세밀함이 정말로 놀라웠다. 짐승의 목에는 밧줄이 감겨 있었다.

그 형상—달리 표현할 말이 없다—을 처음 목도했을 때의 놀라움과 두려움은 말도 못 했다. 하지만 마침내 논리가 도움의 손길을 뻗었다. 내 기억에 고양이는 집과 면한 정원에 목매달려 있었다. 불이 났다는 소리에 정원에는 곧장 사람들이 몰려들었고, 그중 누군가가 나무에서 고양이가 매달린 밧줄을 자르고, 열린 창을 통해 내 침실로 던져 넣었을 것이다. 아마도 잠든 나를 깨우려는 목적에서였겠지. 다른 벽이 무너지면서 내 잔혹함의 희생자는 새로 칠한 회벽 안에 짓눌려졌을 것이다. 그 벽의 석회와 열기, 그리고 사체의 암모니아가 합해져 내가 본 부조를 이루었을 것이다.

내가 방금 서술한 기겁할 만한 현실을 양심은 온전히 넘어가지 못했을지 몰라도 이성적으론 충분히 이해했다. 그럼에도 불구하고 내 망상에 깊은 인상을 남긴 것은 확실했다. 나는 몇 달 동안 고양이의 망령을 떨쳐낼 수 없었다. 그리고 그동안 회한이라고까지는 할 수 없는 약간은 감상적인 기분이 스멀스멀 돌아오고 있었다. 나는 고양이를 잃은 것에 안타까운 마음이 들어 자주 다니던 악행의 소굴 주변에서 그 자리를 대신할 비슷한 외양을 가진 같은 종의 애완동물을 찾기에 이르렀다.

어느 날 밤, 반쯤 취한 채 악명의 소굴에 앉아 있던 중 갑자기 주요 가구를 대신하는 커다란 진인지 럼 술통에 도사리고 앉아 있는 검은 물체가 내 관심을 잡아끌었다. 나는 몇 분간 그 술통 위를 응시하던 중이었고, 그 물체를 진작에 인지하지 못했다는 사실에 놀랐다. 나는 다가가서 만져보았다. 검은 고양이였다. 아주 커서 플루토만큼이나 컸고, 딱 한 가지만 빼고 모든 면에서 플루토를 꼭 빼닮았다. 플루토는 몸 전체 어디에도 흰 털이라곤 하나도 없었다. 하지만 이 고양이는 크고 불분명한 형태로 흰 털 무늬가 가슴 거의 전부를 덮고 있었다.

내가 어루만지자 고양이는 즉시 일어나 큰 소리로 골골거리며 내 손에 제 몸을 비벼왔고, 내 관심에 기뻐하는 모양이었다. 바로 내가 찾고 있던 것이었다. 나는 즉시 거기 주인에게 고양이를 사겠다고 제안했다. 하지만 그 사람은 자기가 주인이 아니라며 그 고양이에 대해 전혀 모르고 본 적도 없다고 했다.

나는 계속 고양이를 어루만졌고, 집에 가려 준비하자 고양이는 나를 따라나설 뜻을 밝혔다. 나는 그러라고 그냥 두었다. 집에 가는 동안 가끔 몸을 숙여 고양이를 토닥였다. 집에 도착하자 고양이는 곧장 제집으로 삼았고, 아내도 금방 가장 아끼는 존재가 되었다.

내 경우에는 곧 싫은 감정이 솟아오르는 것을 깨달았다. 내 예상과는 정반대였다. 하지만 어떻게 해서인지

왜인지는 모르겠지만, 녀석의 나에 대한 명백한 애정은 역겹고 짜증스러웠다. 그 역겨움과 짜증은 천천히 분노와 혐오로 자라났다. 나는 그 동물을 피했다. 수치심, 그리고 이전의 잔혹 행위에 대한 기억 때문에 물리적인 학대를 가하지는 않았다. 몇 주 동안 때리거나 다른 폭력적인 방법으로 학대하지도 않았다. 하지만 점차로—아주 점차로—말 못 할 증오를 담아 그것을 바라보기에 이르렀고, 역병의 숨결을 피하듯 그 고약한 존재를 조용히 피해 다녔다.

그 짐승에 대한 혐오가 더해진 계기는 내가 그것을 데려온 다음 날 아침, 플루토와 마찬가지로 그것 역시 한쪽 눈이 없다는 사실을 발견했기 때문이다. 하지만 이 상황에, 이미 그것에게 홀려 있는 내 아내는 더 애틋하게 여길 뿐이었다. 앞서 말했듯 아내는 한때 나의 독특한 특질이자 단순하고 순수한 즐거움의 근원이었던 인간적인 감정을 듬뿍 지닌 사람이었으니까.

하지만 이 고양이에 대한 나의 반감과 함께, 나에 대한 놈의 일방적인 애정은 점점 더 커지는 듯했다. 놈은 글로만 읽어서는 이해하기 힘들 집요함으로 나를 졸졸 따라다녔다. 내가 어딘가에 앉을 때마다 의자 아래 웅크리거나, 내 무릎 위로 뛰어올라 혐오스럽게 온몸을 문질러댔다. 내가 일어나 걷기라도 하면 내 발 사이로 들어와 하마터면 넘어뜨릴 뻔하거나, 그 길고 날카로운 발톱을 옷에 걸고 가슴께까지 기어오르기도 했다. 그럴 때마다 주먹으로 후려치고 싶은 마음이 굴뚝같았지만 그래도 참고 자제했다. 부분적으로는 이전에 저지른 죄의 기억 때문이었지만, 주된 이유는 솔직히 고백하자면 그 짐승에 대한 절대적인 두려움 때문이었다.

이 두려움은 정확히는 실재하는 악에 대한 두려움은 아니지만 달리 어떻게 정의해야 할지 알 수가 없다. 이 중범죄자 감방에서조차 이런 마음을 품고 있다니 창피하지만, 그 동물이 내게 불러일으킨 두려움과 공포는 한낱 망상에 불과한 것으로 그로 인해 더욱 심해졌다. 이 유별난 짐승과 내가 해친 것 사이의 유일한 외적 차이점인, 내가 앞서 언급한 하얀 털 무늬에 대해 아내는 여러 번 이야기를 꺼냈다. 독자들은 이 흰 털 무늬가 크기는 해도 원래 굉장히 불분명한 형태였다고 기억할 것이다. 하지만 천천히, 거의 인지하지 못할 정도로 느리게, 그리고 그간 오랫동안 내 이성은 망상이라고 거부하려 애써왔지만, 그 무늬는 마침내 뚜렷한 윤곽을 갖추어갔다. 이제 그것은 내가 언급하기에도 떨리는 물체의 모습을 하고 있었다. 그리고 무엇보다도 그 이유로 나는 그 괴물을 혐오하고 두려워하기에 이르렀으며, 엄두만 낼 수 있다면 처분해버렸을 것이다. 이제 그것은 소름 끼치게 흉물스러운 교수대 모양을 하고 있었다! 아, 공포와 죄악의—고뇌와 죽음의 음산하고 끔찍한 원동력이여!

그리고 이제 나는 정말로 단순한 인간의 비참함을 넘어선 비참함을 겪었다. 짐승이, 나를 위해 일했고 내가 멸시해서 죽인 그 짐승의 동류인 주제에 높으신 주님의 형상을 따라 빚어진 인간인 내게 참으로 견딜 수 없는 고난이었다! 낮이든 밤이든 더는 마음 편히 쉴 수 없었다! 낮에는 놈은 나를 한시도 혼자 내버려 두지 않았다. 그리고 밤에는 매시간 형언하지 못할 두려움의 꿈에서 깨어나 보면 그것의 뜨거운 숨결이 내 얼굴에 와닿고, 그 엄청난 무게가 떨칠 수 없는 악몽의 현신처럼 한없이 내 가슴을 짓누르고 있었다!

이러한 고통의 압박에 짓눌리다 보니 내 안의 미약한 선량함의 흔적은 굴복하고 말았다. 사악한 생각이, 무엇보다 어둡고 사악하기 짝이 없는 생각만이 나의 유일한 친구가 되었다. 침울한 나의 평소 기질은 만물과 만인에 대한 증오로 바뀌었고, 갑작스럽게 찾아오는 억제되지 않은 분노의 표출에 나 자신을 잃고, 불평 없이 누구보다도 꿋꿋이 참아주는 아내에게 수시로 분풀이를 하곤 했다.

어느 날 아내는 일이 있어 나와 함께 가난 때문에 어쩔 수 없이 살게 된 오래된 건물 지하실로 내려갔다. 뒤따라 가파른 계단을 내려온 고양이 때문에 하마터면 곤두박질칠 뻔하고 나는 미친 듯이 화가 치밀어올랐다. 뇌리에 머물러 있던 유치한 두려움조차 홧김에 잊고, 나는 도끼를 쳐들어 그 동물을 향해 휘둘렀다. 뜻대로 되었더라면 놈은 즉시 치명상을 입었을 것이다. 하지만 이 일격은 아내의 손에 붙들리고 말았다. 방해를 받고 홱 돌아 악귀보다 더한 분노에 휩싸여 나는 아내의 손을 뿌리치고 도끼를 아내의 머리에 내리쳤다. 아내는 신음 한 번 내지 못하고 그 자리에 쓰러져 죽었다.

이 끔찍한 살인 뒤에 나는 즉각 시신을 은폐하는 작업에 착수했다. 밤이든 낮이든 이웃에게 들키지 않고 시신을 집 밖으로 빼돌릴 수 없다는 것을 깨달은 나는 수많은 계획을 뇌리에 떠올렸다. 한 번은 시신을 조각조각 토막 내 불태워버릴까도 생각했다. 또 한 번은 지하실 바닥에 무덤을 팔까 싶기도 했다. 그러다가 마당 우물에 던져버릴까, 상품처럼 상자에 넣어 포장한 다음 짐꾼을 시켜 집 밖으로 내갈까 하는 것도 고려했다. 마침내 이런 것들보다 훨씬 낫다고 여겨지는 수가 떠올랐다. 희생자를 벽에 넣고 메워버렸다는 중세 수도사들의 기록처럼 시신을 지하실 벽에 넣은 후 메우기로 했다.

이런 목적에 지하실은 딱 알맞았다. 벽이 헐겁게 지어졌으며, 최근에 거친 회반죽을 발랐는데 습기 때문에 아직 굳지 않았던 것이다. 게다가 한쪽 벽에는 가짜 굴뚝인지 벽난로인지를 막아놓느라 돌출된 부분을 다른 곳과 고르게 하려고 메워놓은 자리도 있었다. 그 벽돌을 치우고 시신을 넣은 다음 이전처럼 벽을 되돌려 누가 봐도 무엇 하나 수상쩍은 것 없이 해놓기란 어렵지 않으리라는 것에 의심의 여지가 없었다.

그리고 이 계산은 틀림이 없었다. 지렛대를 써서 손쉽게 벽돌을 빼내고, 조심스레 시신을 안쪽 벽에 기대게 한 다음, 그 자세로 받쳐놓고 별 어려움 없이 전체 구조를 원래 상태로 되돌려놓았다. 석회와 모래, 털을 구해다가 최대한 옛날 것과 구분이 되지 않는 반죽을 준비해놓고 아주 조심스럽게 새로 벽돌 작업에 들어갔다. 마치고 나니 모든 것이 만족스러웠다. 벽은 건드린 흔적 하나 보이지 않았고, 바닥의 지저분한 쓰레기도 꼼꼼하게 싹 치웠다. 나는 승리감에 취해 둘러보고는 혼자 중얼거렸다.
"최소한 여기서는 내 노력이 헛되지 않았네."

다음 단계는 너무나 많은 불행의 원인이 된 짐승을 찾아내는 것이었다. 드디어 그걸 죽여버리겠다고 굳은 결심을 했다. 그 순간 찾아내기만 했더라면, 놈의 운명은 의심의 여지 없었을 것이다. 하지만 그 교활한 동물은 이전의 내 격렬한 분노에 겁을 집어먹고 현재 내 앞에 모습을 드러낼 생각이 없는 모양이었다. 그 증오스러운 놈의 부재가 내 가슴에 남긴 깊고 행복한 안도감은 뭐라 표현할 수도 상상할 수도 없었다. 그날 밤 놈은 모습을 드러내지 않았다. 덕분에 놈을 집에 들인 이래 나는 처음으로 평온하게 곤히 잘 수 있었다. 살인이라는 짐을 영혼에 짊어지고도 곤히 잠든 것이다!

이틀째와 사흘째가 지나도 내 고문관은 나타나지 않았다. 나는 다시금 자유의 몸이 되어 숨을 쉴 수 있었다. 괴물은 두려움에 질려 영원히 도망친 것이다! 더 이상 볼 일이 없으리라! 행복하기 그지없었다! 내가 저지른 어두운 죄에 대한 죄책감은 마음에 전혀 거리끼지 않았다. 몇몇 질문을 해왔지만 간단히 대답했다. 심지어 수색까지 행해졌지만, 물론 아무것도 발견되지 않았다. 나는 미래의 행복을 보장받았다고 여겼다.

살인을 저지르고 나흘째 되는 날, 경찰들이 예고도 없이 집에 들이닥치더니 다시금 집 안을 샅샅이 수색했다. 하지만 내가 감춘 장소는 조금도 의심받지 않으리라 자신하고, 나는 전혀 당황하지 않았다. 경찰들은 내가 수색에 참관하도록 했다. 어느 구석 하나 빠짐없이 살폈다. 마침내 세 번인가 네 번째로 그들은 지하실로 내려갔다. 나는 눈썹 하나 까딱하지 않았다. 심장은 결백했고, 잠자는 사람처럼 차분하게 뛰고 있었다. 나는 지하실 이쪽 끝에서 저쪽 끝까지 걸어 다녔다. 가슴께에 팔짱을 끼고 가볍게 이리저리 어슬렁거렸다. 경찰들은 수색 결과에 만족해하며 떠날 채비를 했다. 마음속 환희를 억누르기 힘들 정도였다. 승리에 취해 나는 무죄를 다시금 확신하게 할 만한 말을 한마디 하고 싶어 안달이 났다.

"여러분." 일행이 계단을 오르자 나는 드디어 입을 열었다. "의심을 벗게 되어 기쁘군요. 다들 건강하시고,

좀 더 예의를 지켜주셨으면 합니다. 그나저나 여러분, 이 집은 참 튼튼하게 지어졌단 말이죠." (뭔가 내뱉고 싶은 미친 충동에 사로잡혀 내가 무슨 말을 하는지도 알지 못했다) "훌륭하게 잘 지어진 집이라고 할 만합니다. 이 벽 말인데—가시는 겁니까, 여러분?—이 벽은 참 튼튼하게 쌓아 올렸어요." 그리고 들뜬 허세에 그만, 뒤에 아내 시신이 서 있는 벽을 손에 들고 있던 지팡이로 쿵쿵 두들겼다.

주여, 대악마의 송곳니로부터 저를 지키고 구하소서! 두들긴 소리의 울림이 가라앉자마자, 무덤 안에서 목소리가 답했다! 처음에는 흐느끼는 아이처럼 소리죽여 헐떡이는 울음소리였다가 곧 길게 이어지는 큰 외침으로, 그야말로 비정상적이고 사람 같지 않은 울부짖음으로 바뀌었다. 고통 속 저주받은 자들과 그들의 고통에 환희를 느끼는 악마의 목소리가 합쳐진, 오직 지옥에서나 흘러나올 법한 절반은 두려움, 절반은 승리에 취해 흐느끼는 통곡이었다.

내 생각을 말해봤자 소용없을 것이다. 아찔함에 나는 맞은편 벽으로 비틀비틀 향했다. 한순간 계단 위 경찰들은 극도의 두려움과 경외감에 꼼짝도 하지 않은 채 서 있었다. 다음 순간 십여 개의 든든한 팔뚝이 벽을 잡아 뜯었다. 벽은 통째로 넘어졌다. 이미 몹시 부패하여 피떡이 된 시신은 지켜보는 이들의 눈앞에 빳빳하게 서 있었다. 그리고 그 머리 위에는 시뻘건 주둥이를 내밀고 하나 뿐인 눈에 불을 담은 끔찍한 짐승이 앉아 있었다. 내가 살인을 저지르게 수작을 부리고, 그 목소리로 존재를 알려 나를 사형 집행인에게 넘긴 놈. 나는 그 괴물을 무덤에 넣고 벽을 발라버린 것이었다!

—1843

일러바치는 심장

그렇다! 신경질적이었다. 나는 몹시, 몹시도 끔찍이 신경질적이었고 지금도 마찬가지다. 하지만 왜 나를 미쳤다고 할까? 그 병은 내 감각을 파괴하거나 무디게 한 것이 아니라 날카롭게 했다. 무엇보다도 청각이 예민해졌다. 천국과 지상의 온갖 소리가 다 들렸다. 지옥의 많은 소리가 들렸다. 그렇다면 내가 어떻게 미쳤단 말인가? 들어보라! 그리고 내가 얼마나 건강한지—그리고 얼마나 차분히 모든 이야기를 할 수 있는지 살펴보라.

처음에 그 생각이 어떻게 떠올랐는지는 알 수 없다.

하지만 일단 싹트고 나자 밤이고 낮이고 그게 뇌리를 떠나지 않았다. 목적은 없었다. 열정은 없었다. 나는 그 늙은이를 사랑했다. 그는 내게 한 번도 잘못한 적이 없었다. 모욕한 적도 없었다. 그의 황금에 대해서라면 나는 아무 욕심이 없었다. 내 생각엔 그의 눈인 것 같다! 그래, 그거였다! 그는 독수리 눈을 하고 있었다. 옅은 푸른색 막이 뒤덮인 눈. 그 눈이 내게 향할 때마다 피가 싸늘히 식었다. 그래서 점차로 아주 조금씩 나는 그 늙은이의 생명을 빼앗겠다고, 그리하여 저 눈을 영원히 없애버리겠다고 결심하게 되었다.

이게 요점이다. 당신은 나를 미쳤다 하겠지. 미친 사람은 아무것도 모른다. 하지만 나를 봤어야 했다. 내가 얼마나 똑똑하게, 얼마나 조심스럽게, 선견지명을 갖고, 얼마나 시치미를 떼고 임했는지! 노인을 죽이기 전 일주일 동안 나는 그 이상 그에게 친절했던 적이 없다. 그리고 매일 밤 자정쯤 그의 방 문고리를 돌려 열어보았다. 아주 살며시! 그러고 나서 내 머리가 들어갈 만큼 틈이 벌어지면 빛이 새어 나오지 않게 꼭꼭 싸맨 어두운 랜턴을 먼저 밀어 넣고, 그다음 고개를 들이밀었다. 아, 내가 얼마나 영악하게 고개를 들이밀었는지 보았더라면 당신은 웃음을 터트렸겠지! 나는 잠든 노인을 깨우지 않으려 천천히, 아주 아주 천천히 움직였다. 머리 전체를 문틈으로 넣어 침대에 누워 있는 노인을 보기까지 한 시간이 걸렸다. 하! 미친 사람이 이렇게 영리할 수 있을까? 그런 다음 머리를 방 안에 둔 채 나는 조심스레 랜턴을 열어 조심, 아주 조심히(경첩이 삐걱거릴까 봐) 딱 빛 한 줄기가 그 독수리 눈깔에 가 닿을 만큼만 열었다. 그리고 이레 동안 매일 밤 자정 무렵 그렇게 했다. 하지만 그 눈은 늘 감은 채였고, 그래서 거사를 치르기는 불가능했다. 나를 괴롭힌 것은 그 늙은이가 아니라 그의 사악한 눈이었으니까. 그리고 매일 아침, 하루가 시작되면 나는 담대히 방으로 들어가 용기 있게 말을 걸고, 따뜻한 어조로 그의 이름을 부르며, 밤새 어떻게 지내셨냐고 물었다. 그러니 정말이지 매일 밤 자정 무렵 자기가 자는 동안 내가 들여다보리라 의심했다면, 정말이지 대단한 늙은이라 할 수 있을 것이다.

팔 일째 되는 날 밤 나는 평소보다 더 조심스럽게 문을 열었다. 시계 분침이 내 손보다 더 빠르게 움직였다. 자신의 힘의—기민함의 한계를 그날 밤 이전까지는 그렇게 실감하지 못했다. 승리감을 억누르기가 버거웠다. 내가 문을 조금씩 조금씩 여는데도 노인은 내 비밀 행각이나 생각을 꿈조차 꾸지 못할 거라는 생각에 킥킥 웃었다. 그리고 아마 그 소리를 들은 모양이었다. 화들짝 놀라기라도 한 듯이 갑자기 침대 위에서 몸을 움직였다. 이제 내가 물러났으리라 생각하겠지만 아니었다. 노인의 방은 두꺼운 어둠에 싸여 칠흑처럼 캄캄했기에(도둑맞을 걱정에 셔터를 내려 고정해놓은 터라), 나는 노인이 열린 문을 보지 못하리라는 것을 알고 꾸준히 계속해서 문을 열었다.

머리를 들이민 채 랜턴을 열려는 차에 손가락이 주석 조임쇠 위에서 미끄러졌고, 노인이 벌떡 일어나 앉으며 외쳤다.

"거기 누구야?"

나는 꼼짝 않은 채 아무 말도 하지 않았다. 한 시간 가량을 꼬박 근육조차 움직이지 않았다. 그동안 노인이 눕는 소리는 들리지 않았다. 노인은 여전히 침대에 앉은 채 귀 기울이고 있었다. 내가 밤마다 벽 속의 벌레 소리에 귀를 기울였듯이.

곧 나직한 신음이 들렸고, 나는 그것이 죽음의 공포에 의한 신음임을 알았다. 고통이나 슬픔에 의한 신음이 아니었다. 경외감에 부대꼈을 때 영혼 밑바닥에서부터 올라오는 낮고 짓눌린 소리였다. 나는 그 소리를 잘 알고 있다. 여러 날 밤, 자정 무렵 온 세상이 잠들었을 때, 그 소리는 끔찍한 울림과 나의 정신을 산란하게 하는 공포로 내 가슴에 차오르고, 깊어지곤 했다. 나는 그 소리를 잘 안다고 생각했다. 비록 내심 우스워했지만 그 노인의 기분이 어떨지 알았고, 동정했다. 나는 노인에게서 작은 소리가 처음 났을 때, 침대에서 돌아누웠을 때부터 내내 깨어 있음을 알았다. 그의 두려움은 그 후로 계속 커져만 갔다. 노인은 그 두려움이 근거가 없다고 생각하려 애썼을 테지만 그럴 수 없었다. "굴뚝에 바람 드는 소리야. 쥐가 마룻바닥을 가로지르는 소리야." "귀뚜라미가 그냥 딱 한 번 울었던 게지." 노인은 그런 짐작들로 마음의 위안을 얻으려 했다. 하지만 전부 헛수고였다. 전부 헛수고. 왜냐하면 죽음이 검은 그림자를 드리우고 살금살금 접근하여 희생자를 둘러쌌기 때문이다. 그리고 그 감지되지 않는 그림자의 음산한 영향력으로 노인은 방 안에 있는 내 머리의 존재를 보지도 듣지도 못했지만 느끼고 있었다.

노인이 눕는 소리가 들리지 않은 채 오랫동안 참을성 있게 기다린 끝에 나는 랜턴 가림판을 아주 아주 조금 열기로 마음먹었다. 그래서 가림판을 살그머니, 아주 살그머니 열었고, 마침내 거미줄처럼 가는 빛줄기가 틈새에서 새어 나오자 독수리 눈에 곧장 비추었다.

그 눈은 크게 뜨여 있었고, 그 눈을 바라보고 있자니 나는 점점 분노가 치밀어 올랐다. 또렷하기 그지없었다. 내 뼛속까지 서늘하게 하는 끔찍한 막이 한 겹 드리워진 탁한 푸른색. 노인의 얼굴이나 신체의 다른 곳은 아무것도 보이지 않았다. 마치 본능적으로 그런 것처럼 빛이 바로 그 빌어먹을 한 점에 정확하게 향하고 있었기 때문이다.

그리고 당신이 광기라고 오해한 것은 감각 과민이

라고 내가 말하지 않았던가? 그때 낮고 둔탁하며 빠른, 솜으로 감싼 시계에서 날 법한 소리가 내 귀에 들려왔다. 나는 그 소리를 익히 알고 있었다. 노인의 심장 박동 소리였다. 북소리가 군인의 용기를 자극하듯 그 소리는 내 분노를 부풀렸다.

하지만 그럼에도 나는 억누르고 가만히 있었다. 숨조차 제대로 쉬지 않았다. 랜턴을 든 채 꼼짝 않고 있었다. 나는 흔들림 없이 그 눈에 빛이 닿게 하려 애썼다. 그러는 사이 끔찍한 툭툭거리는 심장 고동 소리가 점차 더해갔다. 매 순간 더 빨라지고, 더 커져갔다. 노인의 두려움이 어마어마한 모양이었다! 소리가 더, 일 분 일 초마다 커졌다! 알겠는가? 앞서 내가 초조하다고 말했던가. 그래, 그리고 이제 한밤중, 그 오래된 집의 끔찍한 정적 속에서 이런 이상한 소리가 들려오니 감당할 수 없는 두려움이 치밀었다. 그러나 몇 분가량 나는 더 참고 가만히 있었다. 하지만 고동 소리는 점차 커져갔고, 커져갔다! 나는 심장이 터져나갈 것만 같았다. 그리고 이제 새로운 불안이 나를 사로잡았다. 그 소리가 옆에서도 들릴 텐데! 노인의 시간이 왔다! 고함을 지르며 나는 랜턴 가림판을 젖히고 방 안으로 뛰어들었다. 노인은 한 번 소리를 질렀다. 딱 한 번. 단번에 나는 노인을 바닥으로 끌어 내린 후 무거운 침구를 그 위로 끌어다 덮었다. 그런 다음 지금까지 일이 잘 풀린 것에 신나 미소지었다. 하지만 심장은 제법 오래 소리죽인 채 계속 뛰었다. 그렇지만 나는 당황하지 않았다. 벽 너머로는 들리지 않을 것이다. 드디어 소리가 멎었다. 노인은 죽었다. 나는 침구를 치우고 시체를 살펴보았다. 그래, 확실히 죽었다. 나는 심장 위에 손을 올리고 한참 그대로 있었다. 맥박은 없었다. 확실히 죽었다. 이제 노인의 눈이 거슬리지 않았다.

아직도 나를 미쳤다고 여긴다면, 내가 시체를 감추기 위해 취했던 현명한 조치를 들으면 그런 생각은 그만두게 될 것이다. 밤이 기울고 나는 서둘러, 하지만 조용히 움직였다. 먼저 시체를 절단했다. 머리와 팔다리를 잘라냈다.

그런 다음 침실 바닥의 널빤지 세 개를 들어내고, 그 틈에다가 전부 집어넣었다. 그런 다음 널빤지를 정말 깔끔하게, 정말 교묘하게 돌려놔서 인간의 눈으로는—설령 그의 눈이라 해도—어떤 이상도 감지할 수 없게 했다. 핏자국이나 얼룩 등 씻어낼 것도 전혀 없었다. 나는 굉장히 조심했다. 전부 욕조 안에서 해결했다. 하하!

이런 일을 다 끝내고 나니 네 시였고, 아직 한밤중처럼 캄캄했다. 종이 울려 시간을 알리자 거리 쪽 문에서 노크 소리가 났다. 나는 가벼운 마음으로 문을 열러 내려갔다. 이제 두려울 게 뭐가 있겠는가? 남자 셋이 들어와서 예의 바르기 그지없는 태도로 경찰이라고 했다. 밤사이 이웃에서 비명 소리를 들었고, 무슨 사건이 벌어진 게 아닌가 하는 의혹이 있었다고 했다. 경찰에 정보가 접수되었고, 그들(경찰)이 주변을 조사차 파견되었던 것이다.

나는 미소지었다. 두려울 게 뭐가 있겠는가? 경찰들에게 어서 오시라고 인사했다. 비명은 내가 꿈꾸다 질렀다고 말했다. 노인은 지방에 가서 부재중이라고 했다. 나는 손님들에게 집 전체를 둘러보게 했다. 찾아보시라고, 잘 찾아보시라고 했다. 드디어 그들을 노인의 방으로 이끌었다. 안전하게 그대로 있는 노인의 보물을 그들에게 보여주었다. 자신감에 기인한 열의로 나는 방에 의자를 가져다가 그들에게 여기서 쉬라 권하고, 그러는 사이 나는 완벽한 승리에 취해 뻔뻔스레 내 몫의 의자를 피해자의 시신이 잠들어 있는 바로 그 위에다 놓았다.

경찰은 만족했다. 내 태도에 설득되어 넘어가고 말았다. 나 혼자만 느긋했다. 그들은 자리에 앉았고, 내가 명랑하게 답변하는 사이 그들은 일상적인 잡담을 했다. 하지만 얼마 안 되어 나는 얼굴에 핏기가 가시는 것을 느끼고 그들이 갔으면 하게 되었다. 머리가 지끈거리고 귓속에서 종이 울리는 듯했다. 하지만 그들은 여전히 앉아 수다를 떨었다. 종소리는 점점 더 뚜렷해졌다. 계속해서 더 뚜렷해졌다. 나는 그 기분을 떨치려 더 신나게 말했다. 마침내 그 소리가 내 귓속에서 나는 게 아님을 깨닫게 될 때까지.

내 얼굴색은 정말 창백했을 것이다. 하지만 나는 목소리를 높여 더욱더 유창하게 떠들어댔다. 소리는 점점 더 커져갔다. 뭘 어쩔 수 있겠는가? 낮고, 둔하고, 빠른 소리였다. 솜으로 둘러싼 시계가 낼 법한 소리. 나는 헐떡이며 숨을 들이쉬었다. 그러나 경찰관들은 듣지 못했다. 나는 더 빠르게, 더 열정적으로 말을 쏟아냈지만 소리는 꾸준히 커져갔다. 나는 일어나 높은 목소리와 격한 손짓을 곁들여 시시한 일로 언쟁을 벌였다. 그러나 소리는 꾸준히 커져갔다. 왜 저들은 갈 생각을 하지 않지? 나는 그들의 관찰에 격분하기라도 한 듯 무거운 발걸음으로 이리저리 걸어 다녔다. 소리는 꾸준히 커져갔다. 아, 주여! 뭘 어째야 하나? 나는 거품을 물고, 횡설수설하고, 욕을 내뱉었다! 앉아 있던 의자에서 빙글 몸을 돌리자 의자가 바닥을 긁었지만 소리는 그 모든 것을 압도했고 계속해서 커져갔다. 더 시끄럽게, 시끄럽게, 시끄럽게! 그런데도 남자들은 즐겁게 잡담을 나누고 미소지었다. 저걸 듣지 못했을 수가 있나? 전능하신 주여! 아니, 아니! 저들은 들었다! 의심하고 있다! 알고 있다! 내 두려움을 비웃고 있다! 나는 그렇게 생각했고, 지금도 그렇게 생각한다. 하지만 무엇이든 이 고통보다는 낫겠지! 무엇이든 이 조롱보다는 견딜 만하겠지! 저들의 위선적인 미소를 더는 견딜 수가 없었다! 소리를 지르지 않으면 죽을 것만 같았다! 그리고 이제 다시! 들어봐라! 더 크게!

더 크게! 더 크게!

"악당들 같으니!" 나는 비명을 질렀다. "더는 숨기지 말아요! 인정할 테니까! 바닥 널빤지를 뜯어요! 여기, 여기! 그 끔찍한 심장 박동 소리라고요!"

—1843

도둑맞은 편지

지나친 영리함만큼 지혜에 해로운 것은 없다.

_세네카

18XX년 가을바람 부는 파리의 어느 해 저문 저녁 직후, 나는 친구 C. 오귀스트 뒤팽과 함께 포부르 생제르맹 뒤노가 33번지 3층에 있는 그의 작은 서재에서 명상과 해포석 파이프 담배라는 이중의 사치를 만끽하고 있었다. 최소 한 시간 동안 우리는 깊은 정적을 유지하고 있었다. 언뜻 보면 각자 실내 공기를 짓누르는 담배 연기 소용돌이에만 골몰해 있다고 여길 만했다. 하지만 나는 아까 초저녁에 나눈 대화에서 불거진 어떤 주제를 곱씹고 있었다. 모르그가 사건과 마리 로제 살인에 얽힌 수수께끼 말이다. 그러던 중 마침 우연

의 일치로 아파트 문이 활짝 열리며 우리의 오랜 친구이자 파리 경찰 국장인 G가 들어왔다.

우리는 그를 반겨 맞았다. 한심하기는 해도 그 절반 정도는 재미있는 사람이었고, 못 본 지 몇 년 되었기 때문이다. 우리는 어둠 속에 앉아 있었기에 뒤팽이 램프를 켜려 일어났으나 G가 큰 골칫거리가 된 공적인 문제에 대해 우리와 논의하려고, 아니 그보단 내 친구의 의견을 들으러 왔다고 말하자 그냥 다시 자리에 앉았다.

"혹시 숙고해야 할 일이라면." 뒤팽이 심지에 불을 붙이지 않고 말했다. "어둠 속에서 검토하는 쪽이 목적에 더 부합하겠지."

"그것도 자네의 별난 취향인가?" 국장은 자신의 이해 범주를 넘어서는 일에 대해선 모두 '별나다'고 하는 성향이 있으며, 그렇기에 엄청난 규모의 '별난 것들' 속에 살고 있었다.

"그렇지." 뒤팽이 말하며 손님에게 파이프를 내주고 편한 의자 하나를 밀어주었다.

"이번엔 어떤 어려움이 있나?" 내가 물었다. "또 살인 쪽은 아니겠지?"

"아, 아니야. 그런 일은 아니고. 사실 일 자체는 아주 단순하고 우리 측에서 너끈히 해결할 수 있으리라 자신하네만, 뒤팽이 듣고 싶어 할 거 같아서. 아주 굉장히 별나거든."

"단순하고 별나다라." 뒤팽이 말했다.

"어, 그래. 그렇다고 정확히 그런 것만도 아니지. 사실 다들 상당히 어리둥절해 하는 게, 사건 자체는 대단히 단순한데 그런데도 사람을 혼란스럽게 하거든."

"어쩌면 그 단순함 때문에 애를 먹는 걸 수도 있지." 내 친구가 말했다.

"무슨 황당한 소리야!" 국장이 껄껄 웃으며 대꾸했다.

"어쩌면 미스터리가 너무 쉬운 건지도 몰라." 뒤팽이 말했다.

"아이고 참! 누가 이런 소릴 들어 봤을까?"

"약간 지나치게 분명하군."

"하하하! 하하하! 허허허!" 손님은 굉장히 재미있어하며 껄껄 웃었다. "아, 뒤팽, 자네 때문에 죽겠는걸!"

"그래서 결국, 그 문제가 뭔가?" 내가 물었다.

"아, 말해주지." 국장이 대답하며 길고 생각에 잠긴 흠 소리를 내더니, 의자에 편히 자리를 잡았다. "간단히 얘기하겠네. 그렇지만 시작하기 전에, 이 사건이 대단한 기밀을 요구하는 일이라 내가 누구에게든 발설했다는 사실이 알려지면 십중팔구 지금 자리에서 물러나야 한다는 점을 주지해주었으면 해."

"계속하게." 나는 말했다.

"아니면 그만하거나." 뒤팽이 말했다.

"음, 그래. 어떤 중요한 문서를 왕실에서 도둑맞았다는 정보를 고위층에 계신 분께 들었어. 그걸 훔쳐 간 사람이 누군지는 알고 있지. 그건 의심의 여지가 없어. 훔쳐 가는 장면이 목격되었거든. 또한, 그 사람이 소지하고 있다는 것도 확실하고 말이야."

"어떻게 확신한다는 거지?" 뒤팽이 물었다.

"분명히 추론할 수 있거든." 국장이 대답했다. "그 문서의 성격상, 그리고 그게 도둑의 손을 떠났다면 즉시 특정 결과를 초래했을 텐데 그런 일이 없었던 거로 봐서. 그러니까, 그자가 쓰려던 의도대로 썼을 경우에 말이야."

"좀 더 상세하게." 내가 말했다.

"음, 그 문서를 소유하면 특정 영역에서 특정한 영향력을 얻을 수 있고, 거기서는 그 영향력이 엄청나게 가치가 있다고 말할 수 있겠지." 국장은 외교적으로 돌려 말하기를 즐겨했다.

"아직도 잘 이해가 안 되는데." 뒤팽이 말했다.

"그래? 어, 이 문서를 이름을 거명할 수 없는 제삼자에게 공개할 경우 지극히 고귀한 자리에 계시는 분의 명예가 의문시될 거야. 그렇기에 문서 소유자는 그 명예와 평화가 위기에 처한 고귀한 분을 자기 뜻대로 휘두를 수 있지."

"하지만 그러려면," 내가 끼어들었다. "분실한 사람이 도둑의 정체를 안다는 걸 도둑이 알아야 하지 않나.

누가 감히……."

"도둑은," G가 말했다. "D 장관이야. 감히 사람으로서 할 짓과 못 할 짓 모두 저지른다는 사람. 훔친 수법은 천재적이라기보단 대담했지. 문제의 문서는 터놓고 말하자면 편지인데, 도둑맞은 여성분이 혼자 왕궁 내실에 있던 중 받게 된 거야. 그걸 읽던 중 그 편지를 들키고 싶지 않은 대상인 다른 고귀한 분이 갑자기 들이닥쳤지. 다급히 서랍에 넣으려다가 실패하고, 그 여성분은 그걸 펼쳐놓은 채 그냥 테이블 위에 둘 수밖에 없었지. 하지만 수신인이 제일 위에 적혀 있었고, 내용은 드러나지 않은 터라 편지는 주목받지 않고 넘어갔다네. 그 시점에 D 장관이 들어온 거야. 매와 같은 눈으로 즉시 그 문서를 포착했고, 발신인의 필체를 알아봤으며, 수신인이 난처해하는 것을 포착하고 그 비밀을 간파했지. 평소처럼 서둘러 공무상 얘기를 잠시 나눈 후 태연스럽게 문제의 편지와 비슷한 편지를 하나 꺼내 읽는 척하다가 다른 편지 근처에다가 내려놓았지. 다시 공적인 일에 관해 대화를 한 십오 분쯤 나누었어. 마침내 나갈 때가 되자 장관은 테이블에서 자기 것이 아닌 편지를 챙겨간 거야. 편지 주인은 그 광경을 봤지만, 바로 옆에 제삼자가 서 있으니 차마 뭐라 말을 꺼낼 수가 없었고. 장관은 물러갔지. 전혀 중요하지 않은 자기 편지를 테이블 위에 남겨둔 채 말이야."

"그렇군." 뒤팽이 내게 말했다. "이걸로 자네가 언급한 전제조건은 정확히 이루어졌어. 도둑의 정체를 분실한 사람이 안다는 걸 도둑도 알고 있군."

"맞아." 국장이 대답했다. "그렇게 얻은 권력을 지난 몇 달 동안 정치적인 목적으로 아주 위험한 정도까지 휘둘러왔지. 도둑맞은 분은 그 편지를 되찾을 필요성을 매일 더 절감하고 계셔. 하지만 물론 공개적으로 해결할 수 없는 일이야. 결국 절망에 빠진 여성분은 그 문제를 내게 맡기셨다네."

"더 현명한 대리인을 바라거나 상상할 순 없겠어." 뒤팽이 완벽하게 동그란 담배 연기를 피워올리며 말했다.

"사람 우쭐하게 하는데." 국장이 대답했다. "하지만 그런 생각을 품었을 가능성은 있겠지."

"자네가 관찰한 대로," 내가 말했다. "편지가 아직 장관 손에 있는 게 분명하네. 그 편지를 사용하지 않고 갖고 있어야만 권력이 생기는 거니까. 사용하는 순간 권력도 사라지지."

"사실이야." G가 말했다. "그런 확신을 기반으로 나는 수사에 착수했지. 첫 번째 한 일은 장관 자택을 샅샅이 수색하는 것이었어. 장관이 알지 못하게 해야 한다는 게 참 난감했지. 거기다가 장관이 우리 의도를 눈치채면 위험할 거라는 경고도 들었거든."

"하지만 자네는 이런 수사에 정통하니까. 파리 경찰

은 전에도 이런 일을 자주 해봤고." 나는 말했다.

"아 그럼. 그래서 절망하지 않았지. 장관의 습관도 무척 도움이 되었고. 장관은 밤새 집을 비울 때가 잦거든. 하인들도 많다고는 할 수 없고. 주인 침실과 하인들 방이 멀리 떨어져 있는 데다 거의 나폴리 사람들이라 취해 있기 일쑤거든. 알다시피 나에겐 파리의 모든 방과 서랍장을 열 수 있는 열쇠가 있어. 석 달 동안 하룻밤도 빠짐없이 거의 밤새도록 내가 직접 D 장관의 집을 뒤졌지. 내 명예가 달린 일이고, 비밀을 털어놓자면 보상이 어마어마하거든. 그래서 도둑이 나보다 약삭빠른 사람이란 사실을 완전히 이해하기 전까지 수색을 포기하지 않았어. 그 집에서 서류를 숨길만 한 구석은 하나 빠짐없이 수색했다고 생각하네."

"하지만 편지가 장관의 수중에 있는 건 의문의 여지가 없다 해도, 자기 집이 아닌 다른 곳에 숨겼을 수도 있지 않을까?" 내가 말을 꺼냈다.

"그럴 가능성은 거의 없어." 뒤팽이 말했다. "현재 궁정의 특수한 상황, 특히 D 장관이 관련되었다고 여겨지는 음모의 상황을 고려하면 편지를 즉시 제시할 수 있어야 하고, 필요하면 당장이라도 내놓을 수 있어야 한다는 게 그 편지를 갖고 있다는 사실만큼이나 중요하거든."

"당장이라도 내놓을 수 있어야 하다니?" 내가 말

했다.

"그러니까, 여차하면 **처분할** 수 있게 말이야." 뒤팽이 말했다.

"그렇군." 나는 수긍했다. "편지는 장관 저택에 있는 게 분명해. 장관 본인이 소지하고 있을 가능성은 논외로 치더라도 말이야."

"전혀 없어." G 국장이 말했다. "강도인 척하고 두 번 습격해서 내가 지켜보는 앞에서 몸 수색을 했거든."

"괜한 수고는 안 했어도 되었을걸." 뒤팽이 말했다. "D 장관이 완전 바보는 아닐 테니 그런 습격은 당연히 예상했겠지."

"**완전히** 바보는 아니겠지만 장관은 시인이야. 나한테는 바보와 한 끗 차이거든." G가 말했다.

"사실이지." 뒤팽이 해포석 파이프에서 생각에 잠긴 연기를 길게 내뿜으며 말했다. "비록 나도 우스꽝스러운 시 나부랭이를 쓰긴 하지만."

"수색 사항에 대해 좀 더 자세하게 얘기해줄 수 있겠나." 내가 말했다.

"사실 시간을 들여 온갖 곳을 다 수색했어. 이런 일에는 내가 경험이 많거든. 건물 전체를 방 하나하나 다 뒤졌지. 일주일 동안 꼬박 하룻밤에 하나씩. 먼저 각 방의 가구를 조사했지. 가능한 서랍은 모조리 열어봤고. 그리고 자네들도 알겠지만 제대로 훈련받은 경찰의 눈에

비밀 서랍이란 불가능해. 이런 수색에서 '비밀' 서랍을 놓치고 지나간다면 멍청이지. 너무 뻔한걸. 서랍장이라는 게 차지하는 부피와 공간이 있으니까 말이야. 그리고 정확한 자가 있고. 줄 한 가닥의 50분의 1도 우리 눈을 피해갈 수는 없지. 서랍장 다음에는 의자를 살폈고. 자네가 전에 봤던 그 길고 가는 바늘로 쿠션도 찔러봤어. 테이블은 상판을 들어냈고."

"어째서?"

"가끔 테이블 상판이나 그 비슷한 가구 상판을 들어내고 물건을 숨기는 사람도 있으니까. 상판을 들어내고 다리에 구멍을 판 후 그 속에다 물건을 숨기고는 상판을 되돌려 놓는 거야. 침대 기둥 위아래 부분도 같은 식으로 써먹고."

"하지만 속이 비어 있으면 두들기는 소리로 알 수 있지 않나?" 내가 물었다.

"그렇게 물건을 숨긴 후에 그 주위에다가 솜뭉치를 충분히 둘러놓지. 게다가 우리 경우엔 소리를 내지 않고 진행해야 했으니까."

"하지만 방금 말한 방식으로 물건을 숨길 수 있는 가구를 모조리 분해할 수는 없을 텐데. 편지는 가늘게 돌돌 말 수도 있고, 그러면 모양이나 부피나 커다란 뜨개질 대바늘하고 별다르지 않으니 이런 형태면 예를 들어 의자 가로대에 넣을 수도 있잖나. 의자를 전부 분해하진 않았지?"

"당연히 아니고말고. 하지만 더 나은 방법을 택했어. 저택 의자 가로대와 제일 배율 높은 망원경의 도움을 받아 모든 가구의 이음 부위를 모조리 살폈거든. 최근에 건드린 흔적이 있다면 우리가 단박에 알아보지 못할 리 없지. 예를 들어 나사 구멍 부스러기 한 톨만 있어도 사과만큼 눈에 확 띈단 말이야. 접합 부위에 뒤틀린 흔적만 있어도, 이음매에 일반적이지 않은 틈새만 있어도 탐지해볼 만하지."

"거울과 뒤판 사이, 침대와 침구, 커튼과 카펫도 물론 살폈을 테고."

"그야 물론. 그리고 이런 식으로 가구를 모조리 살핀 다음엔 집 자체를 뒤졌지. 전체 표면을 구획으로 나누고 한 곳이라도 놓치는 부분이 없도록 숫자를 붙였지. 그런 다음 전 구역에 걸쳐 한 치도 빠짐없이 샅샅이 살폈어. 이웃해 있는 집 두 채까지 포함해서.

"이웃집 두 채까지!" 나는 감탄했다. "엄청나게 수고스러웠겠는데."

"그랬지. 하지만 걸려 있는 보상금이 막대하니까."

"집 주위 대지까지 포함해서?"

"대지는 전부 벽돌로 포장되어 있어 상대적으로 수고가 덜했지. 벽돌 사이 이끼를 조사해본 결과 건드린 흔적이 없더군."

"물론 D 장관의 서류와 서재의 책들도 살폈겠지?"

"당연하지. 짐과 꾸러미란 꾸러미는 전부 열어봤어. 일부 경찰관들이 하는 식으로 책을 펼쳐 흔들어보는 데서 그치지 않고, 낱장으로 하나하나 다 넘기며 살폈다네. 또한 가장 정밀한 도구로 책 표지의 두께를 전부 측정해서 현미경으로 꼼꼼하게 조사했고. 최근에 책 제본을 건드린 게 있었다면 우리 눈을 피하기란 불가능했을 거야. 제본소에서 막 배달 온 책 대여섯 권은 바늘로 조심조심 세로로 찔러보았고."

"카펫 아래 바닥도 살폈고?"

"물론. 카펫을 전부 치운 다음 널빤지를 확대경으로 들여다봤지."

"그리고 벽지도?"

"그래."

"지하실도 들여다봤겠지?"

"그랬지."

"그렇다면," 나는 말했다. "판단에 착오가 있었던 거 아냐. 애초에 편지가 저택에 없는 거겠지."

"아무래도 그 말이 맞는 거 같아." 국장이 말했다. "뒤팽, 이제 어떻게 하면 좋겠나?"

"저택을 철저하게 재수색해."

"그건 전적으로 불필요해." G 국장이 대답했다. "편지가 그 집에 있지 않다는 건 내가 숨 쉬고 있는 사실만큼이나 확실한걸."

"나로선 달리 해줄 조언이 없군." 뒤팽이 말했다. "물론 편지의 정확한 외양은 알고 있겠지?"

"아 그럼!" G 국장은 수첩을 꺼내 사라진 편지의 안쪽, 특히 상세한 외관 묘사를 소리 내어 읽어주었다. 설명이 끝나고 얼마 안 되어 국장은 내가 이제까지 보았던 것 중 가장 우울한 표정으로 자리를 떴다.

그로부터 한 달쯤 후에 G 국장은 다시 우리를 방문했고, 이전과 거의 마찬가지로 생각에 빠져 있는 우리를 발견했다. 국장은 파이프를 꺼내고 의자를 끌어다 일상적인 대화를 시작했다. 결국 내가 입을 열었다.

"저기 G, 도둑맞은 편지는 어떻게 되었나? 장관을 이길 수는 없다고 결론 내린 모양이지?"

"망할 작자지. 뒤팽이 제의한 대로 다시 수색해보았지만 다 헛수고였어. 뭐 그럴 줄 알았지만."

"보상이 얼마라고 했더라?" 뒤팽이 물었다.

"어, 아주 큰 액수야. 아주 넉넉한 보상이지. 정확히 액수를 말하고 싶진 않지만, 한 가지 말해두자면 그 편지를 가져다주는 사람에게 개인 수표로 5만 프랑을 기꺼이 내주겠네. 사실 그게 나날이 더 중요해지고 있거든. 그리고 최근 보상액이 두 배로 뛰었고. 하지만 세 배로 뛴다 한들 이제까지 했던 것 외에 더는 할 수 있는 게 없어."

"아, 글쎄." 뒤팽이 해포석 파이프를 빨며 느릿하게

말했다. "이 문제에 있어선 자네가 최선을 다했다고는 생각되지 않는데. 아마도 좀 더 해볼 수 있지 않을까?"

"어떻게? 무슨 방식으로?"

"글쎄— (빼끔) 자네가 아마도— (빼끔) 자문을 구한다거나? (빼끔 빼끔 빼끔) 애버네시 이야기 기억하나?"

"아니, 애버네시 따위 알 게 뭐야!"

"그렇지! 나도 알 바 아니지만. 아무튼 옛날 어느 부유한 구두쇠가 이 애버네시에게 의학적 소견을 얻어들을 계획을 세웠지. 그런 목적으로 사적인 자리에서 일상적인 대화를 나누다가 가상의 인물인 양 자기 증세를 의사에게 흘린 거야."

"'예를 들어, 그 사람 증상이 이러저러하다고 칩시다. 그럼 선생, 그 환자에게 뭘 복용하라고 하시겠습니까?' 구두쇠가 말했지."

"'글쎄요, 물론 의사의 조언을 받아 복용해야죠.' 애버네시가 말했지."

"하지만 난 기꺼이 조언을 듣고 대가를 치를 생각이 있어." 국장이 약간 평정심을 잃고 말했다. "이 문제에 도움을 준다면 누구에게라도 진짜 5만 프랑을 줄 거야."

"그렇다면," 뒤팽이 대답하며 서랍을 열어 수표책을 꺼냈다. "여기 말한 액수를 적어 나한테 수표를 써주면 되겠네. 서명하고 나면 편지를 넘기지."

나는 경악했다. 국장은 그야말로 벼락 맞은 얼굴이었다. 몇 분간 그는 말문을 잃고 꼼짝도 하지 않은 채 믿기지 않는다는 표정으로 입만 벌리고 튀어나올 듯한 눈으로 내 친구를 쳐다봤다. 그러다가 조금이나마 정신을 차렸는지 펜을 움켜쥐고 몇 번씩 손을 멈추고 멍한 눈을 해가며 마침내 5만 프랑 수표를 써서 서명하고, 테이블 너머 뒤팽에게 건넸다. 뒤팽은 그걸 꼼꼼히 살피고는 자기 지갑에 넣었다. 그런 다음 잠긴 책상 서랍을 열고, 거기서 편지를 꺼내 국장에게 주었다. 국장은 기쁨의 극치에 편지를 겨우 움켜쥐고 떨리는 손으로 편지를 펼쳐 내용을 휙 훑어보더니 허둥거리며 비틀비틀 문으로 향하고는 예의도 차리지 않고 방을 나서 집을 나갔으며, 뒤팽은 수표를 써달라고 한 이후로 한 마디도 말을 하지 않았다.

국장이 가고 나자 내 친구가 설명에 나섰다.

"파리 경찰은 자기들 나름대로는 대단히 유능하지. 끈질기고, 독창적이며, 교활하고, 자기들 임무 수행에 필요하다고 여겨지는 지식에 대해선 쫙 꿰고 있으니까. 그러므로 G 국장이 D 장관의 저택 수색 방법을 상세히 들려주었을 때 국장의 노력이 미치는 한에서는 충분히 수색이 이루어졌으리라고 나는 확신했지."

"국장의 노력이 미치는 한에서?" 내가 말했다.

"그래." 뒤팽이 말했다. "사용한 방법은 최고일뿐만 아니라 실행 자체도 완벽했어. 편지가 그들의 수색 반경 내에 있었다면 이 친구들은 의문의 여지 없이 발견했을 거야."

나는 그저 웃을 수밖에 없었다. 하지만 뒤팽이 한 말은 상당히 진심인 듯했다.

"방법은 나름 훌륭했고 제대로 실행했어." 뒤팽이 말을 이었다. "문제는 그게 그 사건과 그 사람에게는 적용되지 않는다는 데 있었지. 대단히 독창적인 자원이란, 국장에게는 일종의 프로크루스테스의 침대그리스 신화에 나오는 강도로 행인을 잡아다 침대에 눕혀 키가 침대보다 크면 그만큼 잘라내고, 작으면 맞게 늘려 죽였다고 전해진다—옮긴이와 같아서 거기에 억지로 자기 의도를 맞추려 든단 말이지. 하지만 국장은 눈앞의 문제에 대해 너무 깊거나 얕게 생각하는 바람에 항상 실수를 저지르는 거야. 국장보다 더 논리적으로 사고하는 학생들도 많을 걸. 여덟 살쯤 되는 한 아이가 있는데, 홀짝 맞추기를 너무 잘해서 사람들이 감탄하곤 하지. 간단한 게임이고 구슬로 하는 거야. 한 사람이 손에 구슬 몇 개를 쥐고 다른 사람에게 개수가 홀수인지 짝수인지 맞혀보라고 하는 놀이야. 맞히면 맞힌 사람이 이기고 틀리면 지는 거지. 내가 말한 아이는 학교 애들 구슬을 전부 땄어. 물론 아이에게는 추론 원칙이 있었지. 관찰력으로 상대의 영리함을 가늠하는 거야. 예를 들어 소문난 머저리를 상대로 주먹 쥔 손을 내밀고 '홀수게, 짝수게?' 하고 물어. 이 아이는 '홀수'라고 말하고 져. 하지만 두 번째 시도에서는 이겨. '머저리가 첫 번째엔 짝수를 냈고, 재가 머리를 쓴다고 하면 두 번째엔 홀수로 바꾸겠지. 그러니 홀수라고 하자.' 이렇게 해서 홀수라고 하고 맞혀서 이겨. 자, 아까보다 한 단계 위인 다른 머저리가 상대라면 이렇게 추론하겠지. '이 친구는 내가 첫 게임에서 홀수라고 한 걸 아니까, 처음에는 아까 머저리처럼 단순하게 짝수에서 홀수로 바꿀 거야. 하지만 다시 생각하고 그건 너무 단순한 변형이다 싶어서 결국에는 이전과 똑같이 짝수로 하겠지. 그러니까 짝수로 하자.' 아이는 짝수라고 말하고 이겨. 이런 추론을 하는 아이를 친구들은 '운이 좋다'고 하지. 그럼 그 마지막 분석을 뭐라 하겠나?"

"그냥 추론자 쪽이 상대의 지적 수준에 맞췄다는 거 아닌가." 나는 말했다.

"그렇지." 뒤팽이 말했다. "그리고 아이에게 어떤 방법을 썼길래 그렇게 완전히 상대의 추론을 맞출 수 있었느냐고 묻자 이렇게 대답했어. '누가 얼마나 똑똑한지, 바보 같은지, 아니면 얼마나 착한지, 아니면 못됐는지, 또는 그 순간 상대의 생각을 알고 싶다면 최대한 정확하게 상대의 표정을 따라 하고, 그다음 그 표정에 호응하고 내 머리나 마음을 살펴 무슨 생각이나 감정이 떠오르는지 봐요.' 이 아이의 대답엔 라 로슈푸코, 라 브뤼에르,

마키아벨리, 캄파넬라에 이르기까지 모든 사상의 기반에 자리한 대단한 심오함이 깃들어 있어."

"내가 제대로 이해했다면 추론자가 상대의 지성에 따라 맞춰가는 건 상대의 지성을 얼마나 정확하게 측정하는지에 달린 게 아닐까." 나는 말했다.

"실용적인 가치는 여기에 있지." 뒤팽이 대답했다. "그리고 국장과 그 부하들이 자주 실패하는 건 기본적으로 이 동기화가 문제고, 다음으로는 상대의 지성을 잘못 가늠해서, 아니 그보다는 아예 가늠하지 않아서야. 본인들의 기준으로 독창성을 고려하고, 뭐든 숨긴 것을 수색할 때는 자기들이 숨겼을 만한 방법에만 집중하거든. 그들의 독창성이 대중의 독창성을 충실하게 반영한다는 점에 있어서 어느 정도는 옳아. 하지만 해당 범인의 영리함이 그들과 성격 면에서 차이가 있을 때는 당연히 범인이 이기지. 이는 범인이 경찰보다 한 수 위일 때는 늘 그렇고, 범인이 경찰보다 한 수 아래일 때도 자주 벌어지는 일이야. 경찰은 수사 원칙에 있어 변화라는 게 없고, 기껏해야 특수한 비상 상황에 처했을 때나 특별한 보상이 걸렸을 때 자기들 원칙은 그대로 두고 기존의 실행 방법만 확장하거나 강화한단 말이지. 예를 들어 D 장관 사건에서 행동 원칙에 어떤 변화를 줬지? 여기저기 바늘로 쑤시고, 두들겨 소리를 확인하고, 확대경으로 들여다보고, 건물 표면을 전부 제곱미터 단위로 나누어 확인하는 그 모든 따분한 과정이 국장이 오랜 근무 기간에 걸쳐 익숙해진 인간 독창성에 대한 하나의 원칙이나 정형화된 수색 원칙의 적용 범위를 확대한 것에 불과하지 않은가? 편지를 숨긴다면 의자 다리에 구멍을 뚫어 거기 숨긴다까진 아니더라도, 최소한 의자 다리 구멍과 궤를 같이하는 어떤 특이한 구멍이나 구석에 편지를 몰래 숨긴다는 전제를 국장이 당연시하는 걸 보지 못했나? 그리고 또, 그렇게 궁리한 은닉 장소는 일반적인 경우 일반적인 지적 능력을 갖춘 사람들이나 선택하는 것이라는 걸 모르겠나? 모든 은닉 사건에서 이렇게 궁리해서 숨겼다면 대번에 빤히 추정 가능하고, 또 그렇게 추정하니까. 그러므로 그걸 찾아내는 일은 통찰력이 아니라 순전히 수색자의 주의력과 인내심, 결의에 달려 있지. 그리고 중요한 사건이거나, 경찰 눈에는 똑같겠지만, 보상이 어마어마할 경우엔 이런 방법을 써서 실패할 일이 없었어. 이제 그 도둑맞은 편지가 국장이 조사한 영역 내에 있다면, 달리 말하자면 그 은닉 원칙이 국장의 원칙 내에서 이해가 가능한 범위에 있었다면 의심의 여지없이 찾아냈을 거야. 하지만 국장은 완전히 감도 못 잡고 있었지. 그가 실패한 원인의 근원에는 D 장관이 시인으로 명성을 얻었으니 멍청하다는 전제가 존재해. 모든 바보들은 시인이다. 국장은 그렇게 여겨. 그러므로 모든 시인은 바보라고 결론짓는 논리적 오류를 범했던 거야.

"하지만 장관이 정말 시인이야?" 나는 물었다. "형제가 둘인 건 알아. 그리고 둘 다 학문적으로 명성을 날렸고. 내가 알기로 장관은 미분학에 능통해 글을 쓰기도 했어. 수학자지 시인은 아니야."

"잘못 알고 있어. 내가 잘 알아. 둘 다 맞거든. 장관은 시인이자 수학자로서 논리에 능해. 단지 수학자기만 했다면 아예 논리를 세우지 못했을 테고, 국장에게 진작 걸렸겠지."

"놀라운데." 나는 말했다. "그건 보편적 견해에 반하는 거잖아. 여러 세기 동안 잘 정리된 의견을 무로 돌리려는 건 아니겠지. 수학적 사고야말로 오랫동안 가장 뛰어난 사고로 여겨져 왔는데."

"'공공의 것이 된 개념. 기존의 관습은 어리석다고 봐도 무방하다. 대중이 받아들인 것이기 때문이다.'" 뒤팽은 샹포르의 말을 인용했다. "수학자들이 자네가 언급한 그 대중적인 착각을 널리 퍼뜨리려 애써왔던 건 인정하지만, 진실만큼 많이 퍼졌다 해도 착각하지 않는 건 아니니. 예를 들어 더 나은 명분을 지닌 예술이라며 '분석'이라는 용어를 붙여 대수학에다 적용했지. 프랑스인들은 이런 특정한 속임수의 원조지만, 만약 용어가 중요하다면, 적용 가능성에서 단어의 가치를 끌어낼 수 있다면 라틴어에서 'ambitus(순회)'가 'ambition(야심)'을, 'religio(신성한)'이 'religion(종교)'을, 'homines honesti(저명인사)'가 'honorable men(정직한 사람들)'과 뜻이 겹치는 정도만큼은 '분석'도 '대수학'이란 의미를 전달할 수 있겠지."

"이제 파리 대수학자들과 언쟁을 벌이게 생겼는데. 아무튼 계속해봐." 나는 말했다.

"나는 추상적인 논리 외의 다른 특수한 형태로 계발된 논리가 유효한지, 그러니까 가치가 있는지 의구심이 들어. 특히 수학적 연구를 통해 추론된 논리에 의구심이 들지. 수학은 형식과 수량의 과학이야. 수학적 논리는 그저 형태와 수량의 관찰에 적용한 규칙일 뿐이야. 순수 대수학이라고 하는 진리를 추상적이거나 보편적인 진리로 여기는 건 큰 오류지. 그리고 이런 엄청난 오류가 보편적으로 받아들여지는 현실이 당황스러워. 수학 원칙은 보편적 진실의 원칙이 아니야. 예를 들자면 형식과 수량의 관계에서 진리인 원칙이 윤리에 적용하면 끔찍하게 거짓인 경우가 종종 있지. 윤리에서는 부분의 합이 전체와 동일하다는 게 보통 진실이 아니니까. 화학에서도 이 원칙은 통하지 않아. 요소를 고려할 경우 말이 되지 않거든. 각자 다른 가치의 요소 두 개가 결합했을 때 그 개별 가치를 더한 값과 꼭 일치하진 않으니까. 관계의 한계 내에서만 진리인 수학적 진리는 이 밖에도 많이 있지. 하지만 수학자들은 습관적으로 자기네들의 유한한 진실이 절대적으로 보편적인 적용이 가능한 것이라 주장해. 세상에서도 실제 그렇게 상상하지. 브라이언트는 학술서 《신화》에서 근원이 유사한 오류를 언급하는데, '이교도의 우화를 믿지 않음에도 불구하고 우리는 계속 그 사실을 망각하고, 마치 실재하는 현실인 양 추론하고 있다'고 하지. 그러나 대수학자들은 그들 본인이 이교도이며, '이교도의 우화'를 믿고 추론하는데, 기억을 망각했기 때문이라기보다는 설명할 수 없는 두뇌의 혼란 때문이야. 간단하게 말하자면 방정식의 근을 구하는 문제 이상에 대해 믿을 수 있거나, x^2+px가 절대적으로 무조건 q라는 것을 내심 신앙에 가깝게 여기지 않는 수학자는 만나본 적이 없어. 이런 수학자 중 누구에게 실험 삼아 x^2+px가 꼭 q가 아닌 상황이 있을 수 있다고 말하면, 그 사람이 알아듣자마자 최대한 빨리 손 닿지 않는 데로 도망쳐야 할 거야. 틀림없이 자네를 두들겨 패려 들 테니까."

"내 말은," 내가 그의 마지막 얘기에 그저 웃기만 하자 뒤팽은 말을 이었다. "만약 장관이 그저 수학자기만 했다면 국장은 내게 이 수표를 줄 필요가 없었겠지. 하지만 나는 장관이 수학자이자 시인이라는 걸 알았고, 그를 둘러싼 환경을 고려해서 그의 능력에 맞게 내 대응을 조정했어. 또한 장관이 궁정에 익숙하며, 대담한 책략가인 것도 알았지. 그런 사람이 일반적인 경찰의 행동 양식을 모를 리 없다고 봤어. 장관 또한 예상하지 못했을 리가 없고. 이후 상황을 보면—그가 당한 매복을 보면 당연히 예상했던 게지. 자기 저택이 비밀 수색을 당하게 되리라는 것도 예상했을 거야. 장관이 밤에 집을 자주 비운 것을 국장은 자기가 수색하는 것에 도움이 된다 여겨 반겼을 테지만, 나는 그저 계략일 뿐이라고 봐. 경찰에게 철저히 수색할 기회를 주어 G 국장에게 편지가 저택에 있지 않다는 확신을 갖게 하려 했던 거지. 실제로 결국 그렇게 되었고. 또한 숨겨진 물품을 수색하는 데 있어 경찰의 변하지 않는 원칙에 대해선 아까 자네에게 공들여 설명했던 대로고. 이러한 사고 과정이 필시 장관의 뇌리에 떠올랐을 거라고 봐. 그렇기에 일반적인 은닉 장소는 전부 무시했겠지. 장관은 자기 저택의 가장 복잡하고 외딴 구석이라고 해봐야 국장의 탐침과 송곳, 확대경 앞에선 훤히 열린 벽장이나 다름없다는 것을 몰랐을 바보가 아니야. 의도적인 선택의 문제가 아니더라도 장관은 결국엔 당연히 단순하게 수사할 수밖에 없다는 걸 나는 알았지. 국장의 첫 방문 때 이 미스터리가 오히려 너무나 자명하기에 골칫거리인지도 모른다고 내가 말을 꺼냈더니 국장이 얼마나 웃어댔는지 자네도 기억할 거야."

"그래." 나는 말했다. "얼마나 즐거워했는지 기억해. 정말이지 웃다가 경련이라도 일으키는 줄 알았어."

"물질 세계는 비물질 세계에 대한 아주 정확한 비유로 넘쳐나지." 뒤팽이 말을 이었다. "그러므로 은유나 직유가 묘사를 꾸밀 뿐만 아니라 주장을 강화할 수 있다는 수사학적 교리에도 일말의 진실이 주어지는 거야. 예를 들어 관성의 원리는 물리학과 형이상학에 동일하게 여겨지지. 물리학에서 큰 물체가 작은 물체보다 움직이기 힘들고 그에 따른 운동량도 이 어려운 정도와 비례하듯이, 형이상학에서는 지적 능력이 뛰어난 사람이 그렇지 못한 사람보다 더 강하게, 더 일정하게, 더 중요하게 행동함에도 불구하고 과정의 첫 단계에선 더 주저하고, 더 당황하며, 망설임이 심하지. 그래 가게 문 위에 걸린 거리 표지판 중에 어느 게 가장 주의를 끄는지 알아챈 적 있나?"

"생각해본 적 없는데." 나는 말했다.

"지도를 놓고 하는 게임이 있어." 뒤팽이 말을 이었다. "한 팀은 묻는 쪽이고 다른 팀은 주어진 단어를 찾는 거야. 도시, 강, 지역이나 나라 이름 등 얼룩덜룩하고 혼잡한 지도상에 있는 단어라면 아무거나. 게임 초보자라면 일반적으로 상대를 당황하게 하려고 제일 조그만 글씨로 적힌 지명을 문제로 내지. 하지만 고수는 커다란 글씨로 지도 이쪽 끝에서 저쪽 끝까지 길게 쓰인 단어를 골라. 길거리의 과하게 큰 글씨 간판이나 플래카드와 마찬가지로 너무 뻔하기에 오히려 시야에서 비껴가는 거야. 그리고 이렇게 보지 못하고 놓치는 것이 바로 두뇌가 너무 명확하고 훤하게 자명한 일을 알아채지 못하는 현상과 정확히 맞아떨어지지. 하지만 그게 국장의 이해 범위를 넘어서거나 못 미쳤다는 게 바로 요점이야. 국장은 장관이 편지를 세상이 전부 볼 수 있는 곳에다 두어 세상이 인식하지 못하게 한다는 최고의 방법을 썼으리라는 생각이나 가능성은 한 번도 떠올리지 못했지.

하지만 담대하고 무모하며 차원이 다른 D 장관의 독창성과 그 편지를 제대로 써먹으려면 늘 곁에 두어야 한다는 사실, 그리고 국장을 통해 알게 된 편지가 일반적인 수색 범위 내에 숨겨져 있지 않다는 사실을 고려해보면, 장관은 이 편지를 아예 숨기지 않았다는 의미심장하며 영리한 방편을 썼으리라는 결론을 이해할 수 있어.

이런 생각으로 가득해서 어느 맑은 날 아침 녹색 안경을 준비하고 우연인 양 장관 저택을 찾았지. D 장관은 평소처럼 집에서 하품을 하고 늘어진 채 빈둥거리며 권태의 극단에 있는 척하고 있더라고. 아마도 살아 있는 그 누구보다도 활력이 넘치는 사람이겠지만, 아무도 보지 않을 때나 그렇겠지.

장단을 맞추느라 나는 눈이 안 좋다고 불평하며 안경을 써야 하는 현실을 한탄하고 그걸 가림막 삼아 실내를 조심스레 철저히 살피며 겉으로는 집주인과의 대화에 열중하는 듯한 모습으로 가장했어.

나는 장관이 앉아 있는 근처의 커다란 책상에 특히 관심을 쏟았는데, 그 위에는 잡다한 편지와 기타 서류 몇 통, 악기 한두 개와 책 몇 권이 놓여 있더군. 오랫동안 아주 꼼꼼히 살펴보았지만 딱히 의심을 불러일으킬 만한 것은 보이지 않았지.

마침내 방 안을 맴돌던 내 눈이 판지로 만든 싸구려 세공 편지꽂이로 향했어. 벽난로 선반 아래 한가운데 달린 작은 청동 걸이에 더러운 파란 리본으로 묶인 채 매달려 있었지. 칸이 서너 개로 나뉘어 있었고 방문 카드 대여섯 장과 편지 하나가 꽂혀 있었어. 이 편지는 아주 더러웠고 구겨져 있었지. 한가운데가 거의 둘로 찢어져 있었는데, 마치 쓸모없다고 여겨 완전히 찢어버리려다가 다음 순간 마음이 바뀌어서 내버려 둔 것 같았어. 크고 검은 인장으로 D라는 글자가 아주 뚜렷하게 박혀 있었고, 작은 여자 글씨로 D 장관 본인이 받는 사람인 양 적혀 있었지. 대충, 심지어는 무심한 듯이 편지꽂이 위 칸에 꽂혀 있더라고.

그 편지를 보자마자 바로 내가 찾던 그 편지라는 결론에 도달했어. 물론 겉보기로는 국장이 상세하게 알려준 것과는 지극히 달랐지. 이 편지는 인장이 크고 검은색에다가 D라는 글자가 박혀 있었으니까. 반면 문제의 편지는 작고 붉은 S 공작가 인장이 찍혀 있었고. 이 편지는 받는 이가 장관이었고 작은 여자 글씨로 쓰여 있었어. 그 편지는 어떤 왕가 사람이 받는 이로 크고 단호한 글씨체로 적혀 있었지. 크기만이 유일하게 일치하는 점이었어. 하지만 이 **극단적인** 차이는 과도했거든. D 장관의 **진**

짜 체계적인 습관과 너무나 불일치하는 더럽고 찢긴 편지의 외양이 보는 이에게 쓸모없는 서류라는 인상을 주려는 의도가 너무나도 뚜렷했지. 이러한 점들에 더해 방문객 누구의 눈에나 훤히 보이게 둔 그 과하게 노골적인 문서의 상태가 내가 앞서 도달했던 결론과 정확히 일치했어. 이러한 점들이 의심할 의도로 간 사람의 의심을 강하게 확증시켜주었지.

나는 방문 시간을 최대한 늘렸고, 장관의 흥미를 끌고 열광할 확실한 주제로 활기찬 대화를 나누면서 편지에 관심을 기울이고 관찰했어. 관찰을 통해 그 편지의 외양과 편지꽂이에 꽂힌 모양을 잘 기억해두었지. 그리고 또한 혹시 마음에 품고 있었을지도 모르는 사소한 의혹을 풀 수 있는 발견도 했고. 편지 가장자리를 꼼꼼히 살펴본 결과 필요 이상으로 닳아 보이게 해놨더라고. 빳빳한 종이를 한 번 접어 서류철로 눌렀다가, 그 접힌 금을 따라 반대 방향으로 되 접었을 때 생기는 꺾인 것 같은 모양새를 하고 있었거든. 이 정도 발견이면 충분했어. 그 편지는 장갑 뒤집듯 안팎을 뒤집고, 받는 이를 새로 쓰고, 인장을 새로 찍은 것이 분명했어. 나는 장관에게 인사를 하고 즉시 거기를 나왔어. 테이블에 금으로 만든 코담배 갑을 남겨둔 채 말이야.

다음 날 아침 나는 코담배 갑을 찾으러 다시 방문했고, 상당히 열성적으로 전날의 대화를 이어갔지. 하지만 그러는 동안 마치 총성 같은 커다란 폭발음이 저택 창 바로 아래에서 들렸고, 곧장 겁에 질린 비명이, 사람들의 고함이 이어지지 않았겠나. D 장관은 창가로 달려가 창을 열고 내다보았지. 그 틈에 나는 편지꽂이에서 편지를 꺼내 내 주머니에 넣고 집에서 꼼꼼하게 준비해간 복제품(외관상으로는)을 대신 넣어두었어. D 글자는 빵으로 만든 인장으로 손쉽게 위조했지.

거리의 소란은 머스킷 총을 소지한 남자가 난리를 부린 탓이었어. 여자와 아이들 사이에서 그 총을 발사한 거야. 하지만 알고 보니 공포탄이었고 그 남자는 미치광이나 주정뱅이 취급을 받고 지나갔지. 남자가 사라지자 D 장관도 창가에서 돌아왔고, 나는 목적했던 물건을 확보한 즉시 그를 따랐지. 곧 나는 작별인사를 했어. 가짜 미치광이는 내가 돈 주고 시킨 거였고."

"하지만 무슨 목적으로 복제품을 대신 놓아둔 거지?" 나는 물었다. "처음 방문했을 때 그냥 대놓고 집어 채서 나오지 않고?"

"D 장관은 절박한 사람이고 간도 커." 뒤팽이 대답했다. "장관 저택엔 그에게 헌신적인 사람이 없지 않을 테고. 자네가 제안한 대담한 시도를 했더라면 장관 저택을 살아서 나오지 못했을걸. 선량한 파리 시민들이 다시는 내 소식을 듣지 못하게 되었을 거야. 하지만 그런 고려 사항 외에도 다른 목적이 있었어. 내 정치적 편애는 이미 알고 있겠지. 이 문제에 있어 나는 그 여성분의 지지자로서 행동했어. 지난 일 년 반 동안 장관은 그 여성을 마음대로 휘둘렀어. 이제 그 여성분이 장관을 휘두르게 되었지. 그러니까 장관은 편지가 자기 손에 없다는 걸 모르니 지금까지 하던 대로 요구하겠지. 따라서 결국에는 단번에 정치적 파멸을 스스로 초래하게 될 거야. 그의 몰락은 꼴사나울 뿐만 아니라 급작스럽겠지. '지옥으로의 추락은 쉽다'고 흔히 말하지만, 카탈라니가 성악에 대해 말한 대로 무엇이든 올라가기가 내려가기보다 훨씬 쉽거든. 현재 상황에서 나는 추락하는 사람에게 아무런 연민도, 최소한의 동정심도 들지 않아. 그는 끔찍한 괴물이자 부도덕한 천재야. 하지만 솔직히 국장이 언급한 '고귀한 여성분'의 반격을 받고 장관이 내가 편지꽂이에 남겨둔 편지를 열어봐야 할 상황이 닥쳤을 때, 정확히 어떤 성격의 생각이 떠오를지는 참 알고 싶어."

"왜? 거기 뭐라고 써서 넣어뒀길래?"

"글쎄, 안을 완전히 비워두는 것도 옳지 않은 일 같았어. 그럼 너무 모욕적이잖아. 빈에서 D 장관이 나에게 못된 짓을 한 적 있는데, 나는 꼭 명심하겠다고 가볍게 받아쳤거든. 그러니까, 장관은 분명 자신을 한 수 앞지른 사람의 정체를 궁금해할 텐데, 단서를 주지 않으면 너무 모진 짓 같아서. 그는 내 필체를 익히 알고 있으니 그냥 흰 종이 가운데에 이 문장을 베껴 써놨지.

—그런 악랄한 계획은

아트레우스에게는 어울리지 않으나, 티에스테스에게는 어울린다.

크레비용의 《아트레우스와 티에스테스》에 나오는 대목이야."

—1844

긴 상자

몇 년 전, 나는 사우스캐롤라이나 찰스턴에서 뉴욕시로 가는 배편인 하디 선장의 여객선 인디펜던스호에 자리를 예약했다. 날씨만 괜찮다면 그달(6월) 15일에 출항할 예정이었고, 나는 14일에 전용실의 몇 가지 문제를 정리하러 승선했다.

평소보다 많은 승선자의 여성들을 포함하여 승객들이 꽤 많다는 사실을 알게 되었다. 명단에는 내 지인도 몇 있었다. 그 이름 중에서 나와 우정을 나누던 젊은 화가 코넬리어스 와이어트의 이름을 발견하고 매우 기뻤다. 그는 나와 같이 C 대학을 다녔으며, 우리는 거의 매일 함께 어울렸었다. 그는 천재에게선 흔히 보이는 성향의 소유자로 인간 혐오와 섬세함, 그리고 열정이 혼재해 있었다. 여기에 그 누구보다도 따뜻하고 진실한 마음이 결합해 있었다.

나는 그의 이름으로 전용실 세 개가 올라가 있음을 보았다. 그리고 승객 명단을 다시 확인한 결과 그가 본인, 아내, 그리고 여동생 두 명의 승선 예약을 했음을 알게 되었다. 전용실은 공간이 넉넉했으며, 침상 두 개가 위아래로 설치되어 있었다. 침상은 엄청나게 좁아 한 개에 한 명 이상 누울 자리가 없었다. 그렇긴 해도 왜 네 명이서 전용실이 세 개나 필요한지 이해가 가지 않았다. 그 시기 나는 사소한 일에 골몰하게 되는 음울한 심리상태에 있었고, 부끄럽지만 이 여분의 전용실 문제에 대해 온갖 무례하고 터무니없는 추측을 궁리하느라 바빴다. 물론 내가 상관할 일은 아니었으나 그럼에도 끈질기게 수수께끼를 풀고자 골몰했다. 마침내 왜 진작에 깨닫지 못했을까 싶은 놀라운 결론에 도달했다. “당연히 하인이지.” 나는 말했다. “이런 바보가 있나, 왜 그런 뻔한 답을 진작에 생각하지 못하고!” 그런 다음 나는 다시 명단을 살폈다. 하지만 분명히 일행에는 하인이 포함되어 있지 않았다. 다만 처음엔 하인을 데려올 계획이었던 것은 사실이었다. 처음에 ‘하인 동반’이라는 단어를 써놨다가 줄을 그어 지워놓았다. “아, 그럼 화물이겠군.” 나는 혼잣말을 했다. "선창에 두고 싶지 않은 게 있는 거야. 자기 눈 닿는 데 두고 싶은 것이. 아, 알겠군, 그림이나 뭐 그런 거겠지. 이탈리아계 유대인 니콜리노와 거래하는 거겠지." 그러한 결론에 나는 만족했고 당분간 호기심을 접었다.

와이어트의 여동생 둘은 나와도 잘 아는 사이였고, 무척 상냥하고 똑똑한 여자들이었다. 새신부인 부인은 아직 만나본 적이 없지만 나와 있는 자리에서 그는 종종 아내 얘기를 특유의 열정적인 스타일로 하곤 했다. 그는 아내의 탁월한 미모와 위트, 그리고 성취에 대해 이야기했다. 그래서 나는 얼른 그녀와 만나고 싶어 안달이 나 있었다.

내가 여객선을 찾은 날(14일), 와이어트와 그의 일행 역시 잠시 들른 참이어서 선장이 내게 알려주었고, 나는 신부를 만나볼 수 있을까 하는 희망을 품고 예정보다 한 시간 더 선상에서 기다렸으나 곧 사과의 말을 전했다. "와이어트 부인께서 편치 않으셔서 출항하는 내일까진 배에 오르지 않으시겠답니다."

다음날 호텔을 나서 부두로 가니 하디 선장이 내게 말하길, '사정상(멍청하지만 편리한 표현이다) 인디펜던스호 출항이 하루 이틀 정도 미뤄질 듯하며, 준비되면 사람을 보내 알려주겠다'고 했다. 이상하다 싶었던 게 강한 남풍이 불고 있었기 때문이다. 하지만 끈질기게 밀어붙여도 '사정상'이란 말 외엔 별 얘기가 없었기에 나는 집으로 돌아가 느긋이 짜증을 곱씹고 있을 수밖에 없었다.

선장에게선 거의 일주일 가까이나 연락이 없었다. 하지만 마침내 연락이 왔고, 나는 즉시 배에 올랐다. 여객선은 승객들로 붐볐고 다들 출항 준비에 분주했다. 와이어트 일행은 내가 오고 십 분쯤 후에 도착했다. 여동생 둘과 신부, 그리고 화가—그는 특유의 음울한 인간혐오 상태였다. 하지만 나는 워낙 익숙한 터라 별반 주의를 기울이지 않았다. 그는 심지어 내게 부인을 소개해주지도 않았다. 그 바람에 그의 여동생 마리안이—아주 다정하고 지적인 여자다—어쩔 수 없이 몇 마디 말로 우리를 인사시켜주었다.

와이어트 부인은 베일로 얼굴을 꽉꽉 가리고 있었다. 그리고 내 인사에 답하며 그녀가 베일을 들어 올렸을 때 나는 대단히 깜짝 놀랐음을 고백하지 않을 수 없다. 하지만 오랜 경험으로 미루어보아 내 친구인 화가가 여성의 사랑스러움을 묘사할 때 그 열성적인 평가를 지나치게 믿어서는 안 된다는 것을 몰랐더라면 훨씬 더 놀랐을 것이다. 아름다움을 논할 때 그가 얼마나 쉬이 순수한 이상의 종교적인 영역으로 치닫는지 나는 익히 알고 있었기 때문이다.

사실을 말하자면, 와이어트 부인은 확실히 평범한 외모의 여인이라고 말하지 않을 수 없었다. 단연코 못생겼다 할 정도는 아니라 해도 그와 거리가 멀지도 않았다. 그러나 옷차림은 고상한 취향이었고, 더 오래 지속되는 매력인 지성과 영혼으로 내 친구의 마음을 사로잡았음이 틀림없었다. 그녀는 말수가 무척 적었으며 곧장 남편과 함께 자기 전용실로 들어갔다.

내 오랜 호기심이 다시 발동했다. 하인은 없었다. 그건 확실했다. 그래서 나는 여분의 짐을 찾아 둘러보았다. 얼마 후 부두에 긴 소나무 상자를 실은 수레가 도착했고 기다리던 건 그게 전부인 듯했다. 그게 도착하자마자 우리는 출항했고 곧 모래톱을 지나 바다로 향했다.

문제의 상자는 말했듯이 길었다. 길이는 약 180센티미터 정도에 폭은 약 80센티미터 정도였다. 나는 그걸 주의 깊게 살펴보았고, 정확한 걸 좋아한다. 상자 모양이 희한해서 보자마자 내 추측이 정확하다고 자부했다. 나는 내 친구인 화가의 그 여분의 짐이 그림일 거라는 결론에 도달했고, 그가 이전에 니콜리노와 몇 주간 협의 중임을 알았기 때문이다. 그리고 이제 그 상자를 보니 모양으로 미루어 보아 레오나르도의 〈최후의 만찬〉의 모사품일 수밖에 없고, 피렌체의 아들 루비니가 그린 〈최후의 만찬〉 모사품을 니콜리노가 소장하고 있음도 나는 알고 있었다. 그러므로 이 수수께끼는 충분히 해결되었다고 여겼다. 자신의 통찰력을 뿌듯해하며 나는 혼자 오랫동안 낄낄거렸다. 와이어트가 예술 면에서 내게 뭔가를 비밀로 한 것은 내가 알기로는 처음이었다. 하지만 그는 분명히 내 코앞에서 훌륭한 그림을 몰래 뉴욕으로 가져가면서 내가 까맣게 모르기를 기대하고 있었다. 나는 조만간 캐물어 봐야겠다고 다짐했다.

하지만 한 가지가 상당히 마음에 걸렸다. 그 상자는 여분 전용실로 들어가지 않았다. 와이어트 본인 방에 놓였던 것이다. 그리고 거기 바닥 공간 거의 전체를 차지한 채 놓였다. 화가와 그 아내로서는 대단히 불편할 것이 틀림없었다. 특히 상자에 갈겨쓴 글씨에서 타르인지 페인트인지 강하고 고약한, 그리고 내 상상인지 역겨운 악취가 나 더욱더 그러했을 것이다. 상자 뚜껑에는 다음과 같은 글귀가 적혀 있었다. '뉴욕 알바니 아델레이드 커티스 부인 앞. 코넬리어스 와이어트 씨 화물. 이쪽 면을 위쪽으로 하시오. 취급 주의.'

나는 알바니에 사는 아델레이드 커티스 부인이 화가의 장모임을 깨달았다. 하지만 그 주소 자체가 나를 노린 속임수라고 여겼다. 당연히 그 상자와 내용물은 뉴욕 챔버 가에 있는 인간 혐오증 친구의 작업실로 향하는 것이라고 나는 결론 내렸다.

처음 사나흘은 날씨가 좋았다. 다만 바람이 완전히 맞은편에서 불어와서 해안선이 시야에서 사라지자마자 북쪽으로 뱃머리를 돌릴 수밖에 없었다. 그로 인해 승객들도 기분 좋게 사교 생활을 즐겼다. 하지만 와이어트와 여동생 둘은 예외적으로 뻣뻣하게 굴었고, 내 눈에는 다른 일행들에게 예의 없게 군다는 느낌을 떨칠 수 없었다. 난 와이어트의 행동에는 크게 신경 쓰지 않았다. 그는 평소보다도 더 음울했고, 사실 침울했지만 워낙 기이한 사람이니 예상 가능한 범위였다. 하지만 그의 여동생들에 대해선 그런 핑계를 댈 만한 것이 없었다. 그들은 항해 기간 내내 거의 전용실에 틀어박혀 있었고, 내가 여러 번 권했음에도 불구하고 선상의 누구와도 교류하려 들지 않았다.

와이어트 부인은 생각보다 훨씬 싹싹했다. 그러니까, 그녀는 수다스러웠다. 그리고 수다스럽다는 건 선상에선 이만저만한 장점이 아니었다. 그녀는 대부분의 여자와 과하게 친해졌고, 놀랍기 짝이 없게도 남자들에게도 거리낌 없이 교태를 부렸다. 그녀는 우리 모두를 무척 즐겁게 해주었다. '즐겁게'라는 말 말고는 어떻게 표현해야 할지 모르겠다. 솔직히 와이어트 부인은 그들과 함께 웃기보다는 웃음거리가 되는 경우가 훨씬 더 많다는 것을 나는 곧 알게 되었다. 남자들은 그녀에 대해 거의 언급하지 않았다. 하지만 여자들은 얼마 안 가 그녀를 '사람은 착하지만 좀 평범한 외모에 교육이라곤 전혀 받지 못했고, 대단히 천박하다'고 평가했다. 참으로 놀라운 것은 와이어트가 어쩌다 저런 상대에게 발목을 붙잡혔는지 모를 일이었다. 일반적으로 돈이 해답이지만, 이건 전혀 해답이 아님을 내가 더 잘 알고 있었다. 부인이 지참금이라곤 한 푼도 가져오지 않았으며, 어디 돈 나올 구석도 없다고 와이어트가 전에 말한 적이 있었기 때문이다. 그는 사랑으로, 사랑만 보고 결혼했다고 했으며, 신부는 그의 사랑을 받고도 남을 가치가 있다고 했다. 내 친구가 했던 그 표현을 떠올리자 솔직히 뭐라 말할 수 없을 정도로 혼란스러웠다. 혹시 그가 정신이 나간 걸까? 달리 무슨 생각을 할 수 있단 말인가? 그렇게 세련되고, 지적이며, 까다롭고, 결함에 예민하며, 아름다움을 보는 눈이 발달한 사람이! 물론 신부는 그를 매우 좋아하는 듯했다. 특히 그가 자리에 없을 때면 '사랑하는 남편 와이어트 씨'가 했던 말을 수시로 인용해대 웃음을 사곤 했다. 본인 표현을 빌려 말하자면 '남편' 소리를 늘 '입에 달고 사는' 듯했다. 그러는 사이, 화가가 아내를 대놓고 피해 다니며 대부분의 시간을 혼자 전용실에 틀어박혀 거기서 살다시피 하는 사이 그 부인은 주 선실에서 사람들과 어울리며 저 좋을 대로 즐겁게 지내도록 내버려 두고 있다는 것을 선상의 모든 이들이 알게 되었다.

보고 들은 바에 따라 내가 내린 결론은 설명할 수 없는 운명의 장난으로, 또는 어쩌면 한때의 들뜬 변덕스러운 열정에 의해 모든 면에서 그보다 처지는 사람과 맺어졌고, 자연히 그 결과 빠르게 정이 뚝 떨어졌던 것이다. 나는 마음 깊이 그를 동정했다. 하지만 그 이유로 〈최후의 만찬〉 건을 입 다문 것을 용서할 수는 없었다. 그 일에 대해선 복수를 하기로 마음먹었다.

어느 날 그가 갑판 위로 나왔고, 나는 습관대로 그의 팔을 잡고 이리저리 거닐었다. 하지만 그의 우울감은 (상황을 고려하면 자연스럽게 여겨졌다) 그대로인 듯했다. 나는 농담을 한두 가지 해보았고, 그는 힘들게나마 미소를 지으려 애썼다. 불쌍한 친구! 그 부인을 생각하니 그가 기뻐하는 시늉이나마 낼 마음이 들지 의문이었다. 마침내 나는 정곡을 찔러보았다. 긴 상자에 대해 일련의 은근한 암시를 흘려, 내가 그의 작은 수수께끼에 홀랑 넘어갔거나 희생자가 아님을 그가 점차로 인지하게 만들어야겠다고 마음먹었다. 처음은 정체를 숨긴 채 포문을 열었다. 나는 '그 희한한 모양의 상자' 얘기를 꺼냈고, 그 말을 하면서 다 안다는 미소를 짓고 윙크하며 검지로 그의 갈비뼈를 살짝 건드렸다.

이 악의 없는 말장난에 대한 와이어트의 반응에 나는 즉시 그가 미쳤다는 확신을 얻었다. 처음 그는 내 말의 재치를 이해할 수 없다는 듯 빤히 쳐다보았다. 그러나 그 의미가 천천히 그의 뇌에 전달된 것처럼 눈이 그 크기 그대로 튀어나올 듯 불거졌다. 그러더니 얼굴이 새빨개졌다가 끔찍할 만큼 새하얘지더니, 마치 내가 떠본 말이 굉장히 재미있다는 듯 그는 크고 요란스럽게 웃음을 터트렸고, 놀랍게도 십 분 남짓 점점 더 기세를 더해갔다. 결국 그는 갑판 위에 무겁게 풀썩 쓰러지고 말았다. 그를 일으키려 내가 달려갔을 땐 겉보기에는 죽은 사람 같았다.

나는 도움을 청했고, 겨우 그를 정신 차리게 했다. 정신이 들자 그는 한동안 알아들을 수 없는 말을 웅얼거렸다. 결국 우리는 그에게 사혈 치료를 하고 침대에 뉘었다. 다음 날 아침 그는 제법 회복되었다. 신체적 건강에 한해서는—정신에 대해서는 물론 나는 할 말이 없다. 나는 남은 항해 기간 선장의 조언에 따라 그를 피해야 했다. 그의 정신이 이상하다는 데에 선장은 나와 의견을 함께하는 듯했으나 선상에 있는 사람 누구에게도 말하지 말라고 내게 주의를 주었다.

와이어트의 이 발작 직후 몇 가지 상황이 더 벌어졌으며, 그로 인해 진작부터 있던 내 호기심은 더더욱 발동했다. 여러 일들 중 이런 일이 있었다. 진한 녹차를 너무 마셔서 잠을 설친 나는 신경이 곤두서 있었다. 사실 이틀 동안 제대로 잠을 자지 못한 형편이었다. 내 전용실은 혼자 여행하는 다른 남자들 방과 마찬가지로 주 선실이나 식당에 면해 있었고, 와이어트 일행의 방 세 개는 밤에도 절대 잠그지 않는 얇은 미닫이문으로 주 선실과 분리된 후미 선실에 있었다. 거의 늘 바람을 받고 있었으며, 바람이 제법 강했기에 배는 바람이 불어오는 쪽으로 상당히 기울어져 있었다. 그리고 배 우현이 바람 불어오는 쪽으로 향할 때마다 선실 사이 미닫이문은 스르르 열렸고, 수고스레 일어나 문을 닫는 사람은 아무도 없었기에 열린 채로 그대로 있었다. 하지만 내 침상 위치상 내 전용실 문과 문제의 미닫이문이 둘 다 열려 있을 때면 (그리고 더위 때문에 내 방문은 늘 열어둔 상태였다) 후미 선실 안을 상당히 확실하게 볼 수 있었고, 와이어트 일행의 전용실들이 위치한 구역도 마찬가지였다. 뜬눈으로 지새운 그 이틀 밤 동안(연속해서는 아니었다), 밤마다 열한 시쯤 되면 와이어트 부인이 와이어트의 전용실을 살며시 빠져나와 여분의 방에 들어가 해 뜰 때까지 있다가 남편이 부르면 돌아가는 것을 나는 똑똑히 보았다. 그들은 사실상 별거 중임이 명백했다. 그들은 각방을 썼으며—틀림없이 이혼을 확정 지으려고 고려 중일 것이다—그리고 결국 이렇게 여분 전용실의 미스터리가 풀렸다고 나는 생각했다.

내 관심을 끈 다른 상황이 또 있었다. 문제의 뜬눈으로 지새운 이틀 밤 동안 와이어트 부인이 여분의 전용실로 사라진 직후, 나는 남편 방에서 들려오는 조심스레 억누른 희한한 소리에 귀를 곤두세웠다. 한동안 그 소리를 골똘히 들어본 끝에 나는 드디어 그 의미를 완벽하게 해석하는 데 성공했다. 화가가 끌과 나무망치로 긴 상자를 열려고 애쓰는 과정에서 나는 소리였으며, 망치는 양모나 솜으로 머리를 감싸 소리를 죽인 것이 분명했다.

이런 식으로 나는 그가 상자 뚜껑 못을 빼낸 정확한 순간을 파악했다고 여겼다. 또한 그가 뚜껑을 완전히 들어낸 순간도, 그걸 자기 방 일 층 침상에 놓은 순간도 알 수 있었다. 예를 들어 마지막 과정은 어찌 알았느냐 하면 뚜껑이 나무 침상 가장자리에 부딪히는 나직한 소리가 났기 때문인데, 바닥에는 상자 뚜껑을 놓을 자리가 없었기에 그는 아주 살며시 침상에 내려놓으려 애를 썼을 것이다. 그 후엔 죽은 듯한 정적이 흘렀고, 두 번 다 거의 동틀 녘까지 거의 아무 소리도 듣지 못했다. 다만 덧붙이자면 너무나 억눌러 거의 들리지 않는 낮은 흐느낌이나 혹은 웅얼거리는 소리가 났는지도 모르겠다. 그게 전부 내 상상의 산물이 아니라면 말이다. 흐느낌이나 한숨처럼 들렸던 것 같지만, 물론 둘 다 아닐 수 있다. 아마도 내 귀에서 나는 이명이었을 거라 생각한다. 와이어트는 분명 늘 하던 대로 그저 취미에 홀딱 빠져 예술적인 충동을 충족시키고 있었을 것이다. 안에 든 보물 같은 명화를 즐기려 상자를 열었겠지. 상자 안에는 그가 흐느낄 만한 물건은 없다. 그러므로 다시 말하자면, 그저 선량한 하디 선장의 녹차로 인한 내 상상력의 산물이었을 것이다. 앞서 말한 이틀 밤 다 해가 뜨기 직전, 와이어트가 뚜껑을 상자에 도로 덮고 천으로 감싼 나무망치로 못을 원래 자리에 끼우는 소리를 분명히 들었다. 그런 다음 그는 옷을 다 갖춰 입고 전용실에서 나와 와이어트 부인 방으로 부인을 부르러 갔다.

바다로 나선 지 이레째, 해테라 곶에 이르렀을 때 남동쪽에서 어마어마한 강풍이 불어닥쳤다. 하지만 한동안 날씨가 경고를 보내왔기에 우리는 어느 정도 대비가 되어 있었다. 갑판 위아래 모두 만반의 준비를 마쳤고, 바람이 지속적으로 불어오자 마침내 뒤돛대 삼각돛과 앞돛대 중간 돛 폭을 두 단계 줄였다.

이 상태로 우리는 48시간 동안 안전하게 항해했으며 배는 많은 면에서 훌륭한 선박이었기 때문에 심각하게 물이 들이치는 일은 없었다. 하지만 이 기간 끝 무렵에 강풍이 허리케인으로 바뀌었고, 후미 돛이 산산이 찢어져 우리는 파도의 골짜기로 끌려들어 가 어마어마한 파도를 연이어 헤쳐나가야 했다. 이 사고로 선원 셋과 갑판 위 조리실, 좌현 난간이 거의 다 바다로 휩쓸려가고 말았다. 우리가 정신을 채 차리기도 전에 앞돛대 가로돛이 조각조각 찢겨나갔고, 악천후용 삼각돛을 올려 이걸로 몇 시간 상당히 잘 버티며 배는 전보다 훨씬 안정적으로 바다를 나아갔다.

하지만 강풍은 여전히 거셌고 잠잠해질 기미라곤 전혀 없었다. 삭구 장치가 잘 맞지 않아 엄청나게 팽팽해졌다. 강풍이 불고 사흘째, 오후 다섯 시쯤 뒷돛대가 크게 요동치더니 바람 불어오는 쪽으로 넘어가고 말았다. 우리는 한 시간가량 돛대를 치우려 애썼으나 배가 거칠게 흔들거리는 바람에 헛수고가 되고 말았다. 거의 성공하기 직전, 목수가 고물로 와서 선창에 물이 1미터 이상 찼다고 알려왔다. 설상가상으로 배수펌프가 막혀 무용지물인 것을 발견했다.

이제는 온통 혼란과 절망뿐이었다. 하지만 손에 닿는 대로 화물을 최대한 바다로 내던지고, 남아 있는 돛대 두 개를 잘라내 배의 무게를 줄이려는 노력이 진행되었다. 마침내 돛대를 잘라내는 데 성공했지만 여전히 펌프는 아무것도 하지 못했다. 그리고 그러는 사이 새어 들어오는 물이 빠르게 차올랐다.

해가 저물 무렵 강풍이 돌연 확 사그라들었고, 파도도 그와 함께 잠잠해지자 우리는 보트에 의지하여 살아날 일말의 희망을 품었다. 오후 여덟 시, 바람 불어오는 쪽으로 구름이 흩어지고, 마침 보름달이 모습을 드러냈다. 처졌던 우리의 기분을 띄워주려는 행운 같았다.

고된 노동 끝에 마침내 아무 사고 없이 대형 보트를 뱃전 너머로 내리는 데 성공했고, 선원 전원과 승객 대부분이 여기 몰려 탔다. 이 무리는 곧장 출발했고 천신만고 끝에 마침내 난파 사흘째 되는 날 무사히 오크라코크 후미에 도착했다.

선장과 함께 배에 남은 승객 열네 명은 선미의 소형 보트에 운명을 맡기기로 했다. 우리는 어렵지 않게 보트를 내리긴 했지만, 물에 닿은 순간 잠기지 않은 것은 순전히 기적이었다. 보트에는 선장과 부인, 와이어트 일행, 멕시코인 사관과 부인 그리고 아이 넷, 그리고 나와 흑인 시종이 탔다.

물론 필요할 법한 몇몇 도구와 약간의 비상식량, 그리고 입은 옷 외에 뭘 더 실을 자리는 없었다. 아무도 뭔가 더 건지려는 시도조차 하지 않았다. 배에서 겨우 몇 미터쯤 떨어졌을 때 기절초풍하게도 와이어트가 선미 상판에서 일어나더니 하디 선장에게 그 긴 상자를 가져와야겠으니 보트를 돌리라고 태연히 요구하는 것이었다!

"앉으십시오, 와이어트 씨." 선장이 약간 엄격하게 대답했다. "가만히 앉아 계시지 않으면 전복될 수 있습니다. 뱃전이 거의 물에 잠겼어요."

"상자요!" 와이어트가 여전히 일어선 채 고성을 질렀다. "그 상자 말입니다! 하디 선장, 안 된다는 말은 안 됩니다, 그럴 수 없어요. 상자 무게는 별것 아닙니다. 하나도 안 무거워요. 당신을 낳으신 어머님의, 천국의 사랑에, 구원의 희망에 걸고 이렇게 간청하니 제발 상자를 가지러 돌아갑시다!"

한순간 선장은 화가의 진솔한 호소에 흔들린 듯했지만 이내 엄격한 평정을 되찾고 말했다.

"와이어트 씨, 제정신이 아니시군요. 듣지 않겠습니다. 앉으세요. 안 그러면 보트가 뒤집어집니다. 가만히—잡아요, 저 사람 잡아요! 뛰어내리려고 합니다! 저기—

그럴 줄 알았어. 뛰어내렸네!"

선장이 말하는 동안 와이어트는 정말로 보트에서 뛰어내렸고, 우리가 아직 난파선 근처에 있긴 했지만 거의 초인적인 힘으로 배 앞쪽 사슬에 달린 밧줄을 붙잡았다. 다음 순간 그는 배에 올랐고 미친 듯이 선실 안으로 뛰어 들어갔다.

그러는 사이 우리는 배 뒤쪽으로 떠밀려갔다. 배 근처를 벗어나자 여전히 요동치는 성난 바다의 영향권에 접어들었다. 우리는 제자리로 돌아가려고 기를 썼지만, 우리의 작은 보트는 폭풍 속에선 깃털이나 마찬가지였다. 불운한 화가의 운명은 돌이킬 수 없음을 한눈에 알 수 있었다.

난파선과의 거리가 빠르게 벌어지는 사이, 미친 남자(그렇게 여길 수밖에 없었다)는 갑판 승강구에 모습을 드러냈고, 괴력으로 긴 상자를 끌어냈다. 우리가 어마어마하게 놀라워하며 바라보고 있는 가운데, 그는 7~8센티미터 정도 굵기의 밧줄을 재빠르게 먼저 상자에 감고 그다음 자기 몸에 감았다. 다음 순간 사람과 상자 둘 다 바다로 뛰어내렸고, 순식간에 영원히 사라지고 말았다.

우리는 그 자리에 눈길을 고정한 채 한동안 슬픔에 노를 멈추었다. 마침내 거기서 물러났지만 한 시간 동안 정적은 깨지지 않은 채 이어졌다. 마침내 나는 용기를 내어 입을 열었다.

"그거 보셨습니까, 선장님. 둘이 얼마나 빨리 가라앉는지? 참 희한한 일 아닌가요? 솔직히 말해 와이어트가 상자에다 제 몸을 붙들어 매고 바닥에 뛰어드는 걸 보았을 때, 결국에는 떠올라 구조될지도 모른다는 희미한 희망을 품었더랬습니다."

"당연히 가라앉겠죠." 선장이 대답했다. "돌덩이처럼 순식간에. 하지만 곧 다시 떠오를 겁니다. 소금이 녹고 나면."

"소금이요!" 나는 소리 질렀다.

"쉿!" 선장이 고인의 부인과 여동생들을 가리키며 말했다. "이런 얘기는 좀 더 시의적절할 때 합시다."

....

우리는 많은 고생을 했고, 아슬아슬하게 위기를 모면했다. 하지만 행운이 우리를 도왔고, 대형 보트의 친구들도 마찬가지였다. 나흘간의 역경 끝에 우리는 반쯤 죽어가는 상태로 로어노크섬 맞은편 해안에 도착했다. 그곳에서 구조원들의 나쁘지 않은 대우를 받으며 일주일간 머문 다음, 마침내 뉴욕행 배에 자리를 얻을 수 있었다.

인디펜던스호가 가라앉고 나서 한 달 후, 나는 우연히 브로드웨이에서 하디 선장을 맞닥뜨렸다. 화제는 자연히 그 재난으로, 특히 불쌍한 와이어트의 슬픈 운명으로 흘렀다. 그리하여 나는 다음과 같은 특이사항들을 알게 되었다.

화가는 본인, 부인, 여동생 둘, 그리고 하인 몫으로 여행을 예약했다. 그의 부인은 소문대로 사랑스럽기 그지없고 교양이 넘치는 여성이었다. 6월 14일 아침(내가 처음 배를 찾은 날), 부인이 병이 나서 갑작스레 죽고 말았다. 젊은 남편은 슬픔으로 제정신이 아니었지만, 상황이 긴박하여 뉴욕행 일정을 미룰 수가 없었다. 사랑하는 부인의 시신을 그 어머니에게 보내주어야 했으나, 한편으론 보편적인 편견으로 인해 드러내놓고 그럴 수 없다는 것도 잘 알았다. 승객 열 명 중 아홉은 시신과 함께 항해하느니 배에서 내리고 말았을 것이다.

이 딜레마를 맞아 하디 선장은 우선 부분 방부 처리된 시신을 적당한 크기의 상자에 다량의 소금과 함께 넣어 화물로 수송할 수 있게끔 했다. 부인의 사망에 대해서는 입 밖에 내지 않았으며, 와이어트 씨가 부인과 함께 여행하는 거로 예약한 만큼 누군가 항해 중 부인 역할을 할 사람이 필요했다. 이 일은 부인의 하녀가 순순히 맡기로 해 원래 이 하녀 몫으로 예약했던 여분의 전용실은 그냥 두기로 했다. 물론 가짜 부인은 매일 밤 이 전용실에서 잤다. 하녀는 낮에는 최선을 다해 여주인 역할을 했다. 신중하게 탐색한 결과 선상의 승객 중 부인과 아는 이는 없었다.

내 실수는 지나치게 부주의하고, 호기심이 많고, 충동적인 성격으로 인해 기인한 것이었다. 하지만 최근에 나는 밤잠을 잘 이루지 못하고 있다. 도무지 뇌리를 떠나지 않는 얼굴이 있다. 그 신경질적인 웃음소리는 영원토록 내 귓가에 울려 퍼질 것이다.

—1844

타르 박사와 페더 교수의 치료법

18XX년 가을, 프랑스 최남단 지방을 여행하던 중 파리에서 의학계 친구들한테서 많이 들어본 어떤 요양원인지, 사설 정신병원 근처 몇 킬로미터 떨어진 곳을 지나게 되었다. 그런 곳을 방문한 적이 없었던지라, 그 기회를 놓치기 아깝다고 생각했다. 그래서 일행(며칠 전 안면을 튼 신사)에게 한 시간쯤 길을 돌아가더라도 그 시설을 둘러보자고 제안했다. 일행은 반대했는데, 첫째로는 시간이 촉박하기 때문이며, 둘째로는 미치광이를 본다는 것에 대한 매우 일반적인 공포 때문이었다. 하지만 자기에게 예의를 지키느라 내 호

기심 충족을 포기하진 말라고 당부하며, 자기는 말을 천천히 몰 테니 내가 그날 중은 아니더라도 다음날 중에는 따라잡을 수 있을 거라고 했다. 일행과 작별 인사를 하던 중 문득 시설 견학 허락을 받기 어려울지도 모른다는 생각이 들어서 그 점에 대해 염려하는 말을 꺼냈다. 그러자 일행은 이런 사설 정신병원 규정은 공공병원보다 더 엄격해서 사실 그곳 원장인 마이야르 씨를 개인적으로 알거나 아니면 뭔가 신원 보증 서신 같은 게 있지 않으면 어려울지도 모른다고 했다. 본인은 몇 년 전부터 마이야르와 아는 사이니 정문까지만 같이 가서 나를 소개해주겠다고 했다. 다만 정신병에 대한 본인의 개인적인 감정 때문에 그 안에 들어가지는 못하겠다고 했다.

나는 그에게 감사의 말을 하고 대로에서 벗어나 드문드문 풀이 자란 샛길로 접어들었다. 반 시간쯤 지나자 산기슭을 덮은 무성한 숲속으로 길이 거의 사라지다시피 했다. 그 축축하고 어둑어둑한 숲을 3킬로미터쯤 가자 요양원이 시야에 들어왔다. 환상적인 성이었으나 무척 황폐했고, 사실 오랜 세월과 관리 부족으로 인해 거의 사람이 살지 못할 정도로까지 보였다. 그러자 끔찍한 두려움이 밀려와 나는 반쯤은 말머리를 돌릴까도 생각했다. 하지만 곧 제 나약함이 부끄러워져 계속 나아갔다.

정문을 향해 다가가는 사이 문이 살짝 열려 있는 것이 눈에 들어왔고, 그 틈으로 한 남자가 내다보고 있었다. 그 남자는 곧장 나오더니 내 일행의 이름을 부르며 인사하고는 서글서글한 모습으로 악수하고 말에서 내리라고 권했다. 마이야르 씨 본인이었던 것이다. 그는 땅딸막하고 보기 좋은 외모에 전통적인 신사로 세련된 매너와 중후함, 위엄, 그리고 상당히 인상적인 권위 같은 것이 느껴졌다.

일행은 나를 소개한 후 시설을 둘러보고 싶다는 내 소망을 피력한 다음 신경 쓰겠다는 마이야르 씨의 확답을 받고 떠났으며, 그 후로는 보지 못했다.

일행이 가고 나자 원장은 나를 작고 깔끔한 응접실로 안내했다. 고상한 취향을 엿볼 수 있는 많은 책과 그림, 꽃병, 악기 등이 놓인 곳이었다. 벽난로에선 기분 좋게 장작이 타오르고 있었다. 피아노 앞에 젊고 아주 아름다운 여성이 앉아 벨리니의 아리아를 부르고 있다가 내가 들어가자 노래를 멈추고 품위 있게 인사로 맞이했다. 여자의 목소리는 낮고, 전체적인 태도는 가라앉아 있었다. 내 취향으로는 불쾌할 정도는 아니지만, 아무튼 무척이나 창백한 얼굴에는 슬픔의 흔적이 어려 있었다. 그녀는 상복 차림이었으며, 내 마음속에선 존경과 흥미, 그리고 감탄이 어우러졌다.

마이야르 원장의 시설에선 모든 종류의 처벌을 기피하며, 격리조차도 거의 실행하지 않고, 환자들을 몰래 관찰하기는 해도 외관상 충분한 자유가 주어지며, 정상적인 정신 상태의 사람들이 입는 보통 옷을 입고, 요양원 건물과 부지 내를 자유롭게 돌아다니는 걸 허락하는 '진정 치료법'이란 원칙하에 운영된다고 파리에서 들은 적이 있었다.

그러한 점을 염두에 두고 있자니 그 젊은 여성에게 뭐라 말해야 할지 조심스러웠다. 정신이 멀쩡한 사람인지 확신할 수가 없어서였는데, 사실 불안정하게 번뜩이는 눈을 보니 아니란 쪽으로 반쯤 생각이 기울었다. 그래서 아무리 미치광이라도 불쾌해하거나 흥분할 리 없을 만한 일반적인 화제로만 이야기를 나눴다. 여자는 내 말에 완벽하게 이성적인 태도로 대답했다. 그리고 처음의 인상도 멀쩡하기 그지없는 훌륭한 감각이 돋보였다. 그러나 광인들의 생리를 오랫동안 알아 온 터라 그렇게 멀쩡해 보인다고 해서 완전히 믿어서는 안 된다는 것을 배웠고, 대화 내내 앞서 언급한 대로 조심했다.

마침 깔끔한 제복 차림의 하인이 과일과 와인, 그리고 다른 다과류를 담은 쟁반을 갖고 들어와 나는 대접받았고, 여자는 곧 방을 나갔다. 여자가 나가자 나는 원장에게 묻는 듯한 눈길로 고개를 돌렸다.

"아닙니다." 그가 말했다. "아니에요. 제 가족—조카고 누구보다 교양 넘치는 여성이죠."

"괜한 의심을 했군요. 실례했습니다." 나는 대답했다. "하지만 물론 이해하시겠죠. 이곳의 훌륭한 운영 방

침은 파리에서부터 익히 들어온지라, 혹시나 하는 생각에, 그게…….”

“네, 네, 더 말씀 안 하셔도 됩니다. 오히려 방금 보여주신 대단히 신중한 태도에 제가 감사드려야겠군요. 젊은 신사분에게서 그런 사려 깊은 모습을 보기란 쉽지 않으니까요. 게다가 방문객의 무신경함으로 인해 달갑지 않은 충돌을 여러 번 겪었거든요. 환자들이 자유롭게 돌아다니는 게 허용되었던 이전 치료법 실행 시절, 요양원 견학을 온 일부 경솔한 사람들 때문에 위험한 발작을 일으킨 경우가 종종 있었습니다. 그래서 엄격한 격리 체계를 실행할 수밖에 없게 되었지요. 그리고 그러한 분별력을 신뢰할 수 없는 사람은 시설 견학 허가를 얻을 수 없습니다.”

“이전 치료법 실행 중에요!” 나는 그의 말을 따라 했다. “그렇다면 익히 들어온 ‘진정 치료법’은 이제 실행하지 않는다는 말씀입니까?”

“현재는 그렇습니다.” 원장이 대답했다. “영구적으로 포기하기로 결론 내린 지 몇 주 되었지요.”

“정말요! 놀랐습니다!”

“과거 치료법으로 돌아가야 할 절대적 필요성을 깨달았습니다.” 그가 한숨을 내쉬며 말했다. “진정 치료법은 위험성이 너무 큰 데다, 그 장점은 지나치게 과대평가되어왔지요. 이 요양원에서는 시도해볼 만큼 했다고 믿습니다. 이성적인 인간이라면 해볼 수 있는 건 다 시도해 봤습니다. 더 일찍 방문하시지 않은 게 유감이군요. 그랬다면 직접 보고 판단하실 수 있었을 텐데요. 진정 치료법에 대해선 세세하게 잘 아시는 모양입니다."

"그 정도는 아닙니다. 서너 다리 건너서 주워들은 게 다지요."

"쉽게 말하자면 환자들의 기분을 최대한 맞춰 편안하게 해주는 치료법이라 할 수 있습니다. 환자의 뇌리에 떠오르는 어떤 공상에 대해서도 전혀 반박하지 않는 것이죠. 오히려 수용하는 데 그치지 않고 장려하기까지 했어요. 상당수의 완치 사례는 그렇게 해서 나온 겁니다. 정신병자의 빈약한 이성에 귀류법처럼 와닿는 논증은 없으니까요. 예를 들자면 자기를 닭이라고 생각하는 사람이 있습니다. 치료법은 그걸 사실로 고수하는 거지요. 환자더러 그걸 사실로 제대로 인지하지 못하다니 어리석다고 비난하면서요. 그리고 일주일간 닭에게 주는 적당한 모이 말고는 아무런 식사도 주지 않습니다. 이런 방식으로 약간의 옥수수와 자갈이 기적을 만들어내더군요."

"하지만 그런 식으로 인정해주는 게 전부입니까?"

"천만에요. 음악, 춤, 전반적인 체조 운동, 카드놀이, 특정한 분야의 책 등 단순한 오락에도 큰 비중을 두었습니다. 환자 한 명 한 명을 일반적인 신체 질환이 있는 환자를 치료하듯이 대하고, '정신 이상'이라는 말은 절대

사용하지 않는 겁니다. 환자 한 명 한 명이 다른 모두의 행동을 지켜보게끔 하는 게 가장 중요하죠. 미친 사람의 사고력이나 분별력에 신뢰를 실어주어 몸과 마음을 되살리는 겁니다. 이런 식으로 거액의 감시원 고용 비용을 절감할 수 있었습니다."

"그럼 어떤 형태든 처벌은 없었고요?"

"전혀요."

"그리고 환자를 감금하지도 않으셨습니까?"

"아주 드물게만요. 이따금 어떤 환자의 병이 악화되거나 갑자기 격분하면 다른 환자들에게 영향을 주지 않도록 비밀 방에 데려가 지인들에게 인계할 때까지 거기에 둡니다. 날뛰는 미치광이는 저희 소관이 아니니까요. 보통 공립병원으로 옮깁니다."

"그런데 이제 그 모든 것을 바꾸셨으며, 이게 더 낫다고 여기시나요?"

"단연코 그렇습니다. 그 치료법은 나름 단점이 있었고 위험한 점도 있었으니까요. 다행히 이제는 프랑스의 모든 요양원에서 퇴출당하였죠."

"그 말씀에 무척 놀랐습니다." 나는 말했다. "그렇다면 지금 이 시점에선, 이 나라 어디든 다른 정신질환 치료법은 없다는 거군요."

"아직 젊으시군요." 원장이 말했다. "하지만 떠도는 소문을 믿지 말고 세상일이 어찌 돌아가는지 스스로 판단해야 할 때가 올 겁니다. 남들이 하는 말은 믿지 말고, 직접 본 것은 절반만 믿으세요. 자, 우리 요양원에 대해선 어느 무지한 자들이 오해하게 만든 게 분명합니다. 하지만 저녁 식사 후 여독이 충분히 풀리면 기꺼이 요양원을 안내해드리고, 제 의견 그리고 그걸 본 이들이 모두 입을 모아 이제껏 개발된 치료법 중 어느 것과도 견줄 수 없을 정도로 가장 효과적이라고 하는 치료법을 소개해드리겠습니다."

"직접 고안하셨습니까?" 나는 물었다.

"적어도 일부는 그렇다고 말씀드릴 수 있어 자랑스럽군요." 그가 대답했다.

이런 식으로 나는 마이야르 씨와 한두 시간 대화를 나누었고 그동안 정원과 온실을 안내받았다.

"지금 당장은 환자들을 보여드릴 수 없습니다." 그가 말했다. "예민한 사람에겐 늘 어느 정도 충격적인 광경이니까요. 그리고 저녁 식사를 앞두고 식욕을 떨어지게 할 수는 없잖습니까. 식사해야죠. 송아지 아 라 생 므누아와 블루테 소스를 곁들인 컬리플라워입니다. 그다음에는 클로 드 부조 와인을 한잔합시다. 그러고 나면 곤두선 신경이 충분히 가라앉겠지요."

여섯 시에 저녁 식사가 나왔다. 마이야르 씨는 커다란 식당으로 나를 이끌었고, 그곳에는 스물다섯 명에서 서른 명 정도의 사람이 모여 있었다. 아주 높은 신분의, 분명히 상류층 출신이었으나 그 차림새는 엄청나게 부유하기는 해도 옛 궁정의 지나치게 호사스러운 고급스러운 느낌이었다. 그 사람 중 최소 삼 분의 이가 여성임을 알아챘다. 그리고 그 여성들 중 일부는 아무리 좋게 말해도 요즘 파리 사람들이 훌륭한 취향이라고는 하지 못할 차림새였다. 예를 들어, 적어도 일흔 살은 넘었을 법한 여인들이 반지니 팔찌니 귀걸이니 온갖 장신구를 달고 가슴과 팔은 민망할 정도로 드러내 놓고 있었다. 또한 그 드레스 중 잘 만들어진 것은 거의 없었고, 최소한 입은 사람에게 맞춰 만든 것 같은 것은 하나도 없음을 알아챘다. 둘러보니 아까 마이야르 씨가 응접실에서 소개한 흥미로운 젊은 여성도 눈에 들어왔다. 하지만 치마를 부풀리는 후프에 버팀살, 굽 높은 구두, 그리고 우스꽝스러울 정도로 얼굴이 왜소해 보이는 커다랗고 지저분한 브뤼셀 레이스 모자 차림이라 무척 놀랐다. 처음 봤을 때 그녀는 아주 잘 어울리는 상복 차림이었다. 간단히 말해, 모든 이의 옷차림에서 뭔가 기묘한 분위기를 느꼈고, 처음엔 '진정 치료법'에 대해 원래 했던 생각이 떠올랐다. 혹시 정신병자들과 식사하게 된 것을 알고 내가 불편해하는 일이 없도록 마이야르 씨가 저녁 식사가 끝날 때까지 나를 속이려고 하는 게 아닐까 싶었다. 하지만 남부 사람들은 워낙에 각별할 정도로 괴상하고, 구식 관념이 많이 남아 있다고 파리에서 들은 기억이 났다. 그리고 여러 사람과 이야기해본 결과 내 불안은 즉시 완전히 사라졌다.

식당 자체는, 아마 그 자체는 충분히 편안한 공간으로 널찍한 공간에 과하게 격식을 차리지 않은 모양새였다. 예를 들어, 바닥에는 카펫이 깔려 있지 않았다. 하지만 프랑스에서는 카펫을 쓰지 않는 경우가 많다. 창문 역시 커튼이 없었고, 덧문을 닫아 두었으며, 가게 덧문에 흔히 그러듯이 사선으로 쇠창살을 달아 단단히 막아 두었다. 식당은 저택의 한쪽 끄트머리를 차지하고 있어 삼면에 창문이 나 있고 나머지 한쪽 면에는 문이 있었다. 창문이 적어도 열 개는 돼 보였다.

식탁은 훌륭하게 차려져 있었다. 온갖 음식이 차려진 접시가 즐비했다. 그야말로 야만적이라 할 만큼 풍성했다. 아낙인팔레스타인에 살았다고 전해지는 거인족—옮긴이들이 잔치를 벌여도 될 만큼 고기가 잔뜩 쌓여 있었다. 평생 그렇게 호사스럽고 좋은 것을 흥청망청 쓰는 광경은 처음 보았다. 하지만 차려놓은 모양새는 영 미적 감각이란 게 없었고, 식탁 위뿐만 아니라 어디든 자리가 있는 곳이면 빠짐없이 놓인 은제 촛대에 꽂힌 수많은 양초의 은은한 불빛이 내 눈을 찔렀다. 하인 몇 명이 부지런히 움직이고 있었다. 그리고 방 저쪽 끝에 있는 큰 식탁에는 일고여덟 명의 사람들이 바이올린과 파이프, 트롬본, 북 같은 악기를 연주하고 있었다. 이 사람들은 식사 시간 동안 이따금 음악이랍시고 별별 다양한 소음을 내서 몹시 짜증 나게 했다. 하지만 나를 제외하면 참석한 이들 모두 즐거워하는 것 같았다.

전반적으로 내 눈에 들어온 모든 게 어딘가 상당히 괴기하다고 생각하지 않을 수 없었다. 하지만 세상에는 워낙 별별 사고방식을 지닌, 별별 관습을 따르는, 별별 사람이 다 있기 마련이다. 워낙 여행을 많이 해서 무덤덤하게 있는 데 능숙했기에 나는 원장 오른쪽 자리에 앉아 대단한 식욕으로 앞에 차려진 진수성찬을 찬찬히 음미했다.

그러는 사이 대화는 화기애애하고 일반적으로 흘러갔다. 늘 그렇듯이 숙녀들은 말이 많았다. 나는 자리한 거의 모든 이들이 교육 수준이 꽤 높다는 사실을 알게 되었다. 그리고 마이야르 씨 본인도 즐거운 일화를 잔뜩 알고 있었다. 그는 요양원 관리자로서의 본인 위치에 대해 기꺼이 자랑하고 싶어 하는 듯했고, 놀랍게도 정신병은 참석한 모든 이들이 선호하는 화제였다. 환자들의 변덕에 대한 온갖 흥미진진한 이야기가 오갔다.

"여기 있던 사람 중에 말입니다." 내 오른쪽에 앉은 뚱뚱하고 키 작은 신사가 말했다. "자기를 찻주전자라고 여기는 친구가 있었죠. 그나저나 그런 별난 생각을 뇌리에 떠올리는 정신병자가 딱히 희한한 것도 아니죠? 프랑스에서 인간 찻주전자가 없는 정신병원은 드물 정도니까요. 그 신사는 영국산 찻주전자였고 매일 아침 부드러운 가죽과 광택제로 광을 내곤 했죠."

"그리고 또," 맞은편의 키 큰 남자가 말했다. "그리 오래되지 않았는데 자기가 당나귀당나귀에는 멍청이란 뜻이 있다—옮긴이라고 믿는 사람도 있었죠. 비유적으로 말하자면 제법 사실이라 할 수 있겠습니다만, 골치 아픈 환자였어요. 시설 안에 붙잡아놓느라 고생깨나 했습니다. 오랫동안 엉겅퀴 외엔 아무것도 먹지 않으려 들었죠. 하지만 그 외에는 아무것도 먹지 못하게 하니 그 증상은 금방 치료되더군요. 그다음에는 내내 발길질을 해대곤 했어요. 이렇게, 이렇게……."

"드콕 씨! 행동 좀 조심해주면 고맙겠어요!" 말하는 남자 옆에 앉은 나이 든 숙녀가 끼어들었다. "발 좀 가만히 둬요! 남의 공단 옷을 망쳐놓고! 정말이지 말하면서 꼭 그렇게 실제로 표현할 필요가 있나요? 그러지 않아도 이분은 잘 알아들으실 텐데. 맹세코 자기를 당나귀라고 상상한 그 불쌍한 사람만큼이나 정신없네요. 연기가 참 자연스러워요!"

"죄송합니다! 마드무아젤!" 드콕 씨가 대답했다. "정말로 죄송합니다! 폐를 끼칠 생각은 아니었는데. 라플라스 양, 이 드콕이 함께 와인 한잔하는 영광을 누리게 해주시지요."

드콕 씨는 고개를 깊숙이 숙여 절하고 요란스레 자

기 손에 입을 맞춰 보이더니 라플라스 양과 와인을 마셨다.

"자, 받으시죠." 마이야르 원장이 내게 말을 걸었다. "이 송아지 아 라 생 므누아 한 점 드셔보십시오. 각별히 맛이 좋을 겁니다."

이때 체격 좋은 웨이터 셋이 어마어마하게 큰 접시인지 쟁반인지를 무사히 식탁에 내려놓았고, 거기에는 흉측하고 괴상한 형태의 빛을 보지 못하는 괴물 같은 것이 들어 있었다. 하지만 자세히 들여다보니 그저 통째로 구운 작은 송아지로 무릎 꿇은 자세로 앉혀 영국식 토끼요리처럼 꾸민 듯 입에 사과를 물려놓았다.

"고맙습니다만 괜찮습니다." 나는 대답했다. "솔직히 그 송아지 아 라 생— 뭐였죠? 그게 입에 맞지 않는 듯해서요. 하지만 접시를 바꾸고 토끼고기를 먹어볼까 합니다."

식탁에는 여러 가지 곁들여 먹을 요리가 있었고, 평범한 프랑스식 토끼고기로 보이는 요리도 있었다. 아주 맛있는 요리로 내 입에 맞았다.

"피에르." 마이야르 원장이 외쳤다. "이 신사분 접시를 바꿔드리고, 이 고양이 곁들인 토끼를 좀 드려요."

"뭐라고요?" 나는 말했다.

"이 고양이 곁들인 토끼요."

"어, 됐습니다. 다시 생각해보니 아닙니다. 그냥 이

햄이나 덜어 먹지요."

이런 지방 사람들 식탁에서는 뭘 먹을지 알 수 없는 법이라고 나는 내심 생각했다. 그 고양이 곁들인 토끼는 절대 먹지 않을 것이다. 그리고 그 점에 있어선 토끼 곁들인 고양이도 마찬가지였다.

"그리고," 식탁 끝자락 가까이에 앉은 시체처럼 창백한 사람이 끊긴 대화를 이어나갔다. "그리고 또 별난 사람 중에 예전에 이런 환자가 있었죠. 본인이 코르도바 치즈라고 주장하며 손에 칼을 들고 돌아다니면서 친구들에게 자기 다리 살점을 조금씩 잘라 맛보라고 주지 않았겠습니까."

"정말 바보였죠, 확실히." 누군가 거들었다. "하지만 처음 뵙는 이 신사분을 제외하고, 우리 모두 아는 어떤 사람과는 비교할 바가 못 되죠. 자기가 샴페인 병인 줄 알고 늘 이런 식으로 퐁 슈우욱 소리를 내고 다니던 사람 말입니다."

이 대목서 말하던 사람은 아주 무례하게 자기 오른쪽 엄지를 입에 물었다가 코르크 따는 것 같은 소리를 내며 입에서 뺐고, 혀로 이를 교묘하게 쓸어 샴페인 거품 나오는 듯한 슈우욱 소리를 몇 분 동안이나 냈다. 이 행동이 마이야르 씨에겐 유쾌하지 않은 것이 분명했다. 하지만 그는 아무 말도 하지 않았고, 커다란 가발을 쓴 아주 마른 작은 남자가 대화를 이어갔다.

"그리고 자기를 개구리라고 착각한 멍청이가 있었죠. 솔직히 제법 닮긴 했어요. 직접 보셔야 했는데 말이죠." 내게 하는 말이었다. "얼마나 자연스러운지 보면 재미있으셨을 겁니다. 그 사람이 개구리가 아니라면 아니어서 참으로 안타깝다고밖에 할 말이 없을 정도로요. 그 울음소리야말로 오오오오— 오오오오! 세상에서 가장 뛰어난 내림 '나' 음이었거든요. 와인 한두 잔을 마시면 이렇게 식탁에 팔꿈치를 괸 채 볼을 한껏 부풀리고는 눈을 위로 굴려 빠르게 깜박거리죠. 제가 장담하건대 손님께서도 그 사람의 천재성에 넋을 잃었을 겁니다."

"분명히 그렇겠지요." 나는 말했다.

"그리고 또," 누군가 다른 사람이 말했다. "작은 가이야르라고 자신을 코담배 한 꼬집이라 생각하는 사람이 있었는데 자기 엄지와 검지로 본인을 잡을 수 없다고 정말이지 크게 낙담했지요."

"그리고 쥘 드슐리에르라고 독보적인 천재였는데 미쳐서 자기가 호박인 줄 알았죠. 본인을 요리해서 파이로 만들어달라고 요리사를 몰아붙였지만, 요리사는 당연히 분개하면서 거절했지요. 제가 보기엔 드슐리에르 호박파이가 그렇게 대단한 음식은 되지 못했을 거라 확신합니다, 정말이지!"

"놀랍군요!" 나는 이렇게 말하고 묻는 듯한 눈길로 마이야르 씨를 쳐다보았다.

"하! 하! 하!" 그 신사가 말했다. "헤! 헤! 헤!— 히! 히! 히!— 호! 호! 호!— 후! 후! 후!— 정말 재밌네요! 놀라시면 안 됩니다. 여기 이 친구가 워낙 재치 있고 유머가 있으니 말 그대로 받아들이지 마십시오."

"그리고 또," 일행 중 다른 누군가가 말했다. "부폰르 그랑이라고 나름 독특했던 사람이 있지요. 사랑으로 인해 머리가 이상해져 자기 머리가 두 개라고 믿게 되었답니다. 그중 하나는 키케로의 머리고, 다른 하나는 이마에서부터 입까지는 데모스테네스 그리고 입에서 턱까지는 브로엄 경이 결합한 형태라고 생각했어요. 그가 틀렸다는 게 불가능하지만은 않겠지요. 하지만 손님이라도 자기가 옳다고 설득했을 겁니다. 말솜씨가 대단한 사람이었거든요. 웅변에 대한 열정이 엄청나서 선보이지 않고는 배기지 못했죠. 예를 들면 식사 자리에서 이렇게 뛰어오르고, 그리고 또……."

이때 말하던 이의 옆자리에 앉은 사람이 그의 어깨에 손을 얹고는 귓가에 몇 마디 속삭였다. 그러자 그는 갑자기 하던 말을 뚝 그쳤고 의자에 깊숙이 몸을 묻었다.

"그리고 또," 아까 속삭였던 친구가 말했다. "불라르라고 자신을 팽이라고 생각하는 사람도 있었죠. 팽이라고 한 이유는 사실 자기가 팽이로 개조되었다는 사실이 완전히 허황되지만은 않다는 망상에 사로잡혔기 때문입니다. 그 사람이 빙글빙글 도는 모양을 보셨으면 폭소를 터트리셨을걸요. 한쪽 발로 서서 한 시간씩 빙글빙글 돌곤 했어요. 이런 식으로— 그래서……."

이때 아까 귓속말로 방해받았던 친구가 정확히 비슷한 동작을 해 보였다.

"하지만," 나이 든 부인이 목청껏 외쳤다. "그 불바르 씨는 미치광이였고, 잘해봤자 아주 웃긴 미치광이였잖수. 인간 팽이라는 걸 들어본 사람 있어요? 말도 안 되는 소리. 알겠지만 주와유즈 부인이 더 분별력이 있습디다. 망상이야 좀 있지만 상식을 갖춘 본능이었고, 이는 영광을 누린 모든 이들에게 즐거움을 줬으니. 성숙한 숙고 끝에 자신이 우연한 사고로 수탉으로 변했음을 알았거든요. 하지만 그 부인은 수탉으로서 처신에 맞게 행동했다오. 날개를 이렇게— 이렇게— 이렇게 훨훨 퍼덕이고, 그 울음소리는 얼마나 듣기 좋던지! 꼬끼오! 꼬끼오! 꼬끼오— <u>꼬꼬꼬꼬꼬!</u>"

"주와유즈 부인, 예의 바르게 행동해주시면 고맙겠습니다!" 몹시 화가 난 마이야르 원장이 가로막았다. "숙녀답게 처신하시든가, 아니면 이 자리에서 물러나시죠. 선택하세요."

부인은(그 사람이 주와유즈 부인이라고 불리는 것을 듣고 나는 무척 놀랐다. 방금 본인이 주와유즈 부인에 대해 그렇게 설명한 마당이니) 눈썹께까지 얼굴이 달아올랐고, 나무람에 무척이나 창피해하는 듯했다. 부인은 고개를 푹 떨구고 더는 한마디도 하지 않았다. 하지만 다른 젊은 여성이 곧 화제를 이어갔다. 아까 작은 응접실에서 만난 그 아름다운 여성이었다!

"주와유즈 부인은 바보였어요!" 그녀는 외쳤다. "하지만 유제니 살사펫 의견으로는 결국 이치에 닿는 분별력이 있었어요. 유제니는 아주 아름답고 안타까울 만큼 조신한 젊은 아가씨라 평범한 옷이 외설적이라 여겨 언제나 옷 안으로 들어가는 게 아니라 옷 바깥으로 나오고 싶어 했지요. 아주 쉬워요. 그냥 이렇게 하면— 그런 다음 이렇게— 이렇게— 이렇게— 그런 다음 이렇게— 이렇게— 이렇게— 그런 다음……."

"세상에! 살사펫 양!" 이 대목서 십여 명의 목소리가 동시에 외쳤다. "뭐 하는 겁니까? 그만! 됐어요! 어떻게 하는지 아주 잘 보고 있다고요! 그만! 그만!" 그리고 몇 명이 벌써 자리에서 벌떡 일어나 살사펫 양이 메디치의 비너스와 같은 모습이 되는 것을 막으려 했다. 그때 연이은 커다란 비명 또는 고함이 성의 어딘가에서 터져 나와 아주 효과적이고 갑작스럽게 그 목적을 달성했다.

그 고함에 내 신경은 아주 날카로워졌지만, 나머지 사람들은 정말이지 가엾을 정도였다. 이성적인 사람들이 그렇게나 잔뜩 겁에 질린 모습은 내 평생 처음이었다. 다들 시체만큼이나 창백해져선 그 자리에서 움츠러들었고, 공포에 덜덜 떨면서 횡설수설하며 반복되는 소리에 귀를 기울이고 있었다. 그 소리는 또다시 들려왔다. 좀 더 크고 좀 더 가까운 곳에서. 그런 다음 세 번째엔 아주 크게, 그리고 네 번째는 확연히 기세가 스러진 채로. 이 분명하게 잦아든 소리에 사람들의 기세는 금방 되살아났고, 이전처럼 생기가 돌아 일화들을 계속해서 쏟아냈다. 나는 이제야 소란의 원인을 물어볼 엄두를 내었다.

"아무것도 아닙니다." 마이야르 씨가 말했다. "우린 이런 일에 익숙하고, 정말 거의 신경 쓰지 않습니다. 정신병자들이 이따금 고함을 치며 합창을 하거든요. 가끔 개들이 한밤중에 그러듯이 한 명이 시작하면 다른 한 명이 따라 합니다. 하지만 그렇게 고함 합창이 탈출 시도로 이어지는 경우도 있어요. 물론 그럴 때는 약간 위험이 우려되긴 합니다."

"그럼 지금 몇 명이나 책임지고 계십니까?"

"현재로선 다 합해서 열 명도 안 됩니다."

"주로 여자겠지요?"

"아, 아뇨. 전부 남자고 체격도 좋지요. 확실히 말씀드릴 수 있습니다."

"정말요! 정신병자들은 여성 쪽이 다수라고 생각했는데요."

"일반적으로는 그렇습니다만 항상 그렇진 않아요. 얼마 전엔 여기 환자가 스물일곱 명쯤 있었고, 그중에 열여덟 명 정도가 여성이었습니다. 하지만 최근엔 상황이 아주 많이 바뀌었지요, 보시다시피."

"그래요. 아주 많이 바뀌었죠, 보시다시피!" 전원이 입을 모아 외쳤다.

"입 다물어요, 다들!" 원장이 격분하여 말했다. 그러자 전원이 마치 죽은 듯한 침묵을 거의 일 분간 유지했다. 여자 중 한 명은 마이야르 씨의 말을 문자 그대로 따라, 유난히 긴 혀를 쭉 내밀고 양손으로 붙잡은 채 체념한 기색으로 자리를 파할 때까지 그러고 있었다.

"그리고 이 숙녀분은," 나는 몸을 숙여 마이야르 씨에게 속삭였다. "방금 말했던, 그리고 꼬끼오 소리를 낸 숙녀분은 그러니까, 위험하진 않겠죠, 네?"

"위험하지 않냐니!" 그가 놀라움을 숨기지 못하고 내뱉었다. "왜— 어째서— 무슨 뜻으로 하시는 말씀입니까?"

"그냥 살짝 아픈 거죠?" 나는 내 머리에 손을 대며 말했다. "딱히, 그러니까 위험하거나 이상이 있는 건 아니겠지요?"

"세상에! 무슨 생각을 하시는 겁니까? 그 숙녀분은 제 오랜 벗인 주와유즈 부인으로 저만큼이나 멀쩡하고 제정신입니다. 그야 물론 약간 별나기야 하지만, 아시다시피 나이 든 여성은 모두— 아주 나이 든 여성은 다 어느 정도 별스럽지 않습니까!"

"그야 물론 그렇죠." 나는 말했다. "그야 물론— 그리고 그 외 다른 신사 숙녀분들은……."

"다 제 친구들이고 관리자들입니다." 마이야르 씨가 말을 자르고 오만하게 몸을 곧추세우며 말했다. "훌륭한 친구들이자 보조자들이죠."

"네? 전부 다요?" 나는 물었다. "여성분들도 다?"

"당연하죠." 그는 말했다. "여성분들 없이는 절대 해나가지 못했을 겁니다. 세계 최고의 정신병자 간호사들이죠. 나름의 비결이 있어요. 그 반짝이는 눈의 효과는 굉장합니다. 뱀에게 홀린 것 같달까요."

"그렇군요." 나는 말했다. "물론 그렇겠지요. 그분들 행동이 좀 엉뚱하죠? 약간 괴상하달까? 그렇게 생각하지 않으십니까?"

"엉뚱하다니! 괴상하다니! 정말로 그렇게 생각합니까? 여기 남부에서는 그렇게 점잔 빼지 않습니다. 대체로 내키는 대로 하지요. 인생과 온갖 것을 즐기며……."

"그럼요." 나는 말했다. "물론 그렇겠지요."

"그리고 어쩌면 클로 드 부조 와인에 취기가 약간 올랐는지도 모르죠. 그게 아시다시피 좀 독합니까?"

"그럼요." 나는 말했다. "물론 그렇죠. 그나저나 유명한 진정 요법 대신에 도입한 치료법이 혹시 아주 엄격한가요?"

"천만에요. 시설 수용은 필요합니다만 의학적 치료 자체는 환자들에게 반응이 좋은 편이에요."

"그리고 새로운 치료법은 직접 개발하셨고요?"

"전적으로 그렇진 않습니다. 일부는 필히 들어보셨을 타르 교수 덕이고, 또 유명한 페더 교수의 저술을 참고해서 변형을 준 부분도 있습니다. 제가 잘못 안 게 아니라면 선생과 깊은 친분이 있으시다고요."

"솔직히 고백하기 부끄럽습니다만 두 분 다 성함을 들어본 적이 없습니다." 나는 대답했다.

"맙소사!" 원장은 의자에서 몸을 홱 뒤로 젖히며 양손을 들어 보였다. "제가 잘못 들은 거겠지요! 설마 그 말씀이 진심은 아니겠죠? 학식 높은 타르 박사나 저명한 페더 교수에 대해 들어보신 적이 없다고요?"

"제 무지를 인정할 수밖에 없군요." 나는 대답했다. "하지만 진실은 그 무엇보다 우선시되어야 하니까요. 그럼에도 불구하고 분명 비범하신 그 두 분의 성과를 모른다니 민망함에 몸 둘 바를 모르겠습니다. 앞으로 그 두 분의 저작물을 찾아 꼼꼼히 살펴보겠습니다. 마이야르 씨, 정말로 부끄러워 어쩔 줄 모르겠군요!"

그리고 이건 사실이었다.

"그러실 거 없습니다, 선생." 그는 친절하게 말하며 내 손을 지그시 눌렀다. "이제 같이 소테른 와인 한잔하시죠."

우리는 마셨다. 사람들도 우리를 따라 아낌없이 마셨다. 그들은 얘기하고, 농담하고, 웃고, 별별 희한한 행동을 했으며, 바이올린은 끼끽대고, 북은 시끄럽게 둥둥 거렸으며, 트럼본은 팔라리스의 청동 소 때고대 그리스의 폭군 팔라리스는 황소 모양의 속이 빈 청동상 안에 제물로 바칠 사람을 넣고 그 아래 불을 지폈다—옮긴이처럼 울부짖었다. 와인이 점차 그 위세를 더해감에 따라 설상가상으로 전체 상황은 점점 악화되었고 결국에는 소규모의 지옥도처럼 되어갔다. 그러는 동안 마이야르 씨와 나는 소테른과 부조 와인을 놓고 목청껏 대화를 이어갔다. 평상시 어조로 하는 말은 나이아가라 폭포 바닥에 사는 물고기 소리만큼이나 제대로 들릴 가능성이 없었다.

"그리고요, 원장님." 나는 그의 귀에다 대고 소리를 질렀다. "저녁 식사 전에 하신 말씀 말인데요, 기존 진정요법으로 인해 벌어졌던 위험 말입니다. 그게 뭐였습니까?"

"그래요." 그가 대답했다. "이따금 정말 큰 위험이 따랐죠. 미친 사람의 변덕이란 설명이 불가능하니. 그리고 제 의견도 그렇고 타르 박사와 페더 교수의 의견도 마찬가지지만, 정신병자들을 감시 없이 돌아다니도록 두는 것은 결코 안전하지 않다고 봅니다. 정신병자를 '진정시킬' 수는 있겠지만, 결국엔 감당하기 쉽지 않게 되기 마련이거든요. 그 교활함 또한 워낙 잘 알려져 있듯이 대단하고요. 염두에 둔 계획이 있다면 자기 의도를 엄청난 지혜로 감춥니다. 그리고 멀쩡한 척 가장하는 솜씨는 인간 정신 연구에 있어 정신의학자들에게 가장 어려운 문제 중 하나죠. 미친 사람이 전적으로 제정신인 것처럼 보인다면 그야말로 구속복을 입혀야 할 때입니다."

"하지만 말씀하신 위험 말입니다, 이 요양원을 관리하신 동안의 경험에 비추어 보아, 정신병자들의 경우 자유가 위험하다고 여길만한 실제적인 이유가 있었습니까?"

"여기요? 제 경험상? 아, 그럼요. 예를 들어봅시다. 오래지 않은 일입니다만, 바로 이 요양원에서 특이한 상황이 벌어진 적이 있지요. 당시에는 '진정 요법'을 시행 중이었고 환자들이 자유롭게 돌아다닐 수 있었습니다. 상당히 얌전하게 굴었어요. 유난스러울 만큼. 이성이 있는 사람이라면 그 사람들이 그렇게 얌전하게 행동한다는 사실만으로도 뭔가 엄청난 계획이 진행 중이라는 것을 알았을 겁니다. 아니나 다를까, 어느 맑은 날 아침 감시자들은 손발이 묶여 병실에 갇히고, 정신병자들이 감시자들의 업무를 가로채서 감시자들을 정신병자인 양 다루었지요."

"설마 그럴 리가요! 그렇게 황당한 이야기는 평생 처음 듣는데요?"

"사실입니다. 전부 어느 멍청한 사람 탓이었죠. 정신병자였는데, 자기가 그 무엇보다도 뛰어난 관리 체계를 개발했다는 생각을 어쩌다가 하게 되었던 거죠. 그러니까 정신병자 관리 체계 말입니다. 본인이 고안한 것을 시험해보고 싶었겠죠. 그래서 나머지 환자들을 설득하여 지배 권력을 뒤집어엎으려는 음모에 끌어들였습니다."

"정말 성공했습니까?"

"물론입니다. 감시자들과 피 감시자들은 곧 위치가 뒤바뀌었으니. 하지만 정확히 그렇다고도 할 수 없죠. 이전에 미치광이들은 자유로웠지만, 감시자들은 병실에 갇혀 유감스럽게도 아주 무성의한 취급을 받았으니 말입니다."

"하지만 곧 반격이 벌어졌겠지요. 그런 상태가 오래 유지될 리 없잖습니까. 근처 사람들이며 시설을 둘러보러 오는 방문객들이 알아챘을 거 아닙니까."

"그 부분에서 틀리셨습니다. 반란 지도자가 굉장히 교활했거든요. 방문객을 전혀 허용하지 않았어요. 어느 날 본인이 두려워할 이유가 전혀 없는 아주 멍청하게 생긴 젊은 신사 한 명을 들인 것을 제외하면. 그냥 재미 삼아 상대를 가지고 놀려고 시설을 둘러보게 해주었답니다. 상대를 충분히 속여먹고 나선 내보내서 가게 해주었죠."

"그럼 얼마나 오래 그 미치광이들의 득세가 이어졌습니까?"

"아, 아주 오랫동안이었죠. 한 달은 확실하고 정확히 얼마나 더 지났는지는 모르겠군요. 그러는 사이 정신병자들은 즐거운 시간을 보냈습니다. 그 점만은 분명해요. 본인들의 남루한 옷을 벗어 던지고, 그 가족들의 옷과 보석을 마음대로 걸쳤어요. 성의 지하실에는 와인이 잔뜩 있었는데, 이 미치광이들이 악마같이 그걸 마실 줄 아는 작자들이었지 뭡니까. 정말 즐겁게 지냈답니다."

"그럼 치료는, 반란 지도자는 어떤 식의 치료를 실행했습니까?"

"진작 아시다시피, 미치광이라고 꼭 멍청이는 아닙니다. 그리고 제 솔직한 의견으로는 그의 치료법은 이전의 치료법보다 훨씬 나았지요. 아주 뛰어난 체계였고, 단순하며, 깔끔하고, 전혀 번거롭지 않으며, 사실 즐거웠습니다. 그건……."

이 대목에서 아까 우리를 당혹스럽게 했던 것과 같은 성격의 고함이 또다시 들려와 원장의 말을 가로막았다. 하지만 이번에는 빠른 속도로 다가오는 사람들이 내는 듯했다.

"세상에 맙소사!" 나는 소리를 내뱉었다. "정신병자들이 탈출한 게 틀림없어요."

"아무래도 그런 모양이군요." 이제 얼굴이 창백해진 마이야르 씨가 말했다. 그가 말을 채 끝내기도 전에 커다란 고함과 욕설이 창문 아래서 들려왔고, 그 직후 밖에 있는 누군가가 방 안으로 들이닥치려 하는 게 분명했다. 망치 같은 것으로 문을 두들기고, 무력으로 덧문을 뒤틀고 흔들어댔다.

무엇보다 끔찍한 혼란이 그 뒤를 이었다. 마이야르 씨는 놀랍게도 식기대 밑으로 숨었다. 나는 그가 좀 더 결의 있는 행동을 보일 줄 알았다. 지난 십오 분간 만취해 연주도 제대로 못 하던 연주자들은 이제 동시에 벌떡 일어나더니 악기를 들고 식탁 위로 기어 올라가 〈양키 두들〉을 한뜻으로 연주했고, 정확히 음정이 맞지는 않을지언정 최소한 그 난리통 가운데 초인적인 의지를 갖고 해냈다.

그러는 동안 아까 식탁에 뛰어오르려다가 가까스로 제지당한 신사가 병과 잔이 널린 식탁 위로 껑충 뛰어올랐다. 자리를 잡자마자 그는 연설을 시작했다. 제대로 들을 수만 있었다면 틀림없이 훌륭한 연설이었을 것이다. 동시에 팽이를 애호하는 남자가 양팔을 옆으로 쭉 뻗은 채 방 안을 엄청난 기운으로 빙빙 돌아다녔다. 그는 딱 팽이 같았고, 사실 자기 앞에 걸리적거리는 사람들을 전부 넘어뜨렸다. 그리고 이제 샴페인이 퐁 터지고 슈우우욱 하는 소리가 나기에 보니, 식사 중에 그 샴페인 병을 연기했던 사람에게서 나는 것이었다. 그리고 또 개구리 남자는 본인이 내는 음 하나하나에 영혼의 구원이 달려 있기라도 한 것처럼 개굴거렸다. 그리고 이 모든 난장판 한가운데에 당나귀 울음소리가 모든 소리 위로 계속해서 울려 퍼졌다. 나이 든 주와유즈 부인은 그야말로 혼란스러워하는 기색이었고, 그 불쌍한 여성을 위해 울고 싶을 정도였다. 하지만 그녀는 곧 벽난로 구석에 서서 목청껏 "꼬끼오— 꼬꼬꼬!" 하고 연신 울어댔다.

그리고 이제 절정이, 이 극의 파국이 다가왔다. 환호와 고함 그리고 꼬끼오 소리 외에는 아무런 저항도 없었다. 밖의 사람들은 아주 신속하게 거의 동시에 열 개의 창문을 동시에 깼다. 하지만 그 창문으로 침팬지, 오랑우탄, 또는 크고 시커먼 비비 같은 무리가 싸우고, 발을 구르고, 할퀴고, 울부짖는 광경을 보고 내가 느낀 놀라움과 두려움은 결코 잊지 못할 것이다.

나는 잔뜩 얻어맞았고, 그 후 소파 밑으로 굴러 들어가 가만히 있었다. 하지만 십오 분쯤 누워 방에서 벌어지는 일에 잔뜩 귀 기울여 듣고 나니 이 비극의 대단원을 감 잡을 수 있었다. 마이야르 씨가 내게 들려주었던, 동료들을 선동해 반란을 일으킨 정신병자 이야기는 그저 본인의 업적이었던 모양이었다. 이 신사는 실제로 이삼 년 전에는 시설 책임자가 맞았다. 하지만 본인이 미쳐버려 환자가 되었다. 나를 소개해준 일행은 그 사실을 알지 못했다. 열 명의 감시자들은 갑자기 제압당해 처음에는 타르 칠을 당하고, 그다음에는 깃털을 묻힌 채 지하실에 갇혀 있었다. 그들은 그런 상태로 한 달 이상 갇혀 있었고, 그동안 마이야르 씨는 관대하게도 그들에게 타르와 깃털(그의 '치료법')만이 아니라 약간의 빵과 넉넉한 물도 내주었다. 물은 매일 퍼부어주었다. 마침내 한 명이 하수도를 통해 탈출하여 나머지 사람들을 풀어주었다.

중요한 수정이 있고 난 뒤 '진정 요법'은 요양원에서 다시 시행되었다. 그러나 나는 본인의 '치료법'이 아주 뛰어난 체계였다는 마이야르 씨의 의견에 동의하지 않을 수 없었다. 그가 말했듯이 '단순하고 깔끔하며 전혀 번거롭지 않았다'.

유럽의 모든 도서관을 뒤져 타르 박사와 페더 교수의 저작물을 찾아보았지만, 지금까지 한 권의 책도 발견하지 못했다는 점을 덧붙인다.

—1844

아몬틸라도 술통

포르투나토가 내게 가한 수많은 상처를 나는 참고 또 참았다. 하지만 그가 감히 나를 모욕했을 때 나는 복수를 하기로 다짐했다. 그러나 나란 사람의 본질을 익히 아는 사람이라면, 내가 협박을 입 밖에 내리라고는 생각지 않을 것이다. 마침내 복수의 때가 왔다. 이건 확실히 결정한 부분이었으나, 단호하게 결심한 만큼 내게 미칠 위험은 배제해야 했다. 징벌을 내리되 나는 처벌받지 않는 징벌이어야 했다. 징벌이 그 복수자를 덮쳐온다면 악행은 징벌 되지 않은 것이다. 또한 악행을 저지른 자에게 복수자가 느꼈던 것과 같은 감정을 느끼게 하지 못한다면 그 역시 징벌이 이루어지지 못한 것이다.

분명히 해두지만 나는 말로든 행동으로든 절대 포르투나토에게 내 선의를 의심할 낌새를 내비친 적이 없었다. 나는 늘 하던 대로 그의 면전에서 미소 지었고, 그는 내 미소가 이제 그를 제물로 바칠 생각으로 가득하다는 것을 알아채지 못했다.

다른 모든 면에선 존경받고 심지어 두려움의 대상이기도 했지만, 포르투나토에게는 약점이 있었다. 그는 와인에 있어서만큼은 자신이 전문가라고 자부심이 대단했다. 진정한 대가의 정신을 지닌 이탈리아인은 드물다. 대개 그들의 열성은 때와 기회에 맞춰 영국과 오스트리아 백만장자들에게 사기를 치는 일이었다. 그림과 보석에 있어서는 포르투나토도 제 동포들과 마찬가지로 돌팔이였지만, 오래된 와인 문제에 있어서만큼은 진지했다. 이 점에 있어서는 나도 그와 실질적으로 다르지 않았다. 나는 이탈리아 와인에 밝았고, 여력이 될 때마다 대량으로 사들였다.

사육제의 광기가 한창이던 어느 날 저녁 석양이 질 무렵, 나는 그 친구와 맞닥뜨렸다. 포르투나토는 술에 취해 나를 격하게 반겼다. 그는 어릿광대 복장을 하고 있었다. 딱 맞는 색색의 줄무늬 옷에, 머리에는 방울 달린 고깔모자를 쓰고 있었다. 나는 그를 만나 반가운 마음에 악수를 끝내지 않을 뻔했다.

나는 그에게 말했다. "포르투나토, 마침 운 좋게 만났네. 오늘 아주 좋아 보이는데. 아몬틸라도라고 해서 술을 한 통 입수했는데 영 의심스러워."

"어떻게?" 그가 말했다. "아몬틸라도? 통으로? 말도 안 돼! 그것도 사육제가 한창인 지금!"

"그러니까 의심이 간다고." 나는 대답했다. "멍청하게 자네에게 상의도 하지 않고 아몬틸라도 제값을 치렀지 뭔가. 자네는 안 보이고, 그러다 물건을 놓칠까 봐 걱정되어서."

"아몬틸라도라고!"

"의심이 가."

"아몬틸라도!"

"그리고 그 의심을 풀어야겠고."

"아몬틸라도!"

"자네는 바쁘니 루케시에게 가던 길이었어. 감식안이 있다고 하면 그 친구잖나. 보고 알려주겠지."

"루케시는 아몬틸라도하고 셰리도 구분 못 해."

"그렇지만 일부 바보들은 루케시의 식견이 자네와 견줄 만하다고 여기던데."

"자, 가자고."

"어딜?"

"자네 지하실에."

"아니야. 자네의 호의에 그렇게 신세 질 순 없지. 선약이 있는 거 아니었나. 루케시에게……."

"선약 없어. 가자고."

"이 친구야, 아니라니까. 선약이 없다 해도 보아하니 감기가 심한 모양인데. 그 지하실은 못 견디게 눅눅해. 초석硝石으로 뒤덮여 있고."

"어쨌든 가자니까. 감기는 아무것도 아니야. 아몬틸라도라니! 자네는 사기당한 거야. 그리고 루케시는 셰리하고 아몬틸라도도 구분 못 해."

그렇게 말하곤 포르투나토는 내 팔을 덥석 잡았다. 나는 검은 실크 가면을 쓰고 몸에 외투를 두른 후 그의 재촉에 집으로 향했다.

집에는 아무도 없었다. 하인들은 사육제를 즐기려 집을 비운 차였다. 나는 하인들에게 아침까지 집을 비울 거라고 해두었고, 집을 비우지 말라고 분명하게 일러두었다. 그렇게 지시하면 결국 내가 등을 돌리자마자 하나둘씩 전부 다 곧장 나가리라는 걸 나는 익히 알고 있었다.

나는 벽에 걸린 횃불 두 개를 내려 하나는 포르투나토에게 주고, 그를 이끌고 방 몇 개를 거쳐 지하실로 향하는 문을 지났다. 길고 구불구불한 계단을 내려가며 뒤따라오는 그에게 조심하라고 주의를 주었다. 우리는 마침내 계단 끝까지 내려왔고 몬트레소 가문 지하 묘지의 눅눅한 바닥에 나란히 섰다.

친구의 걸음걸이는 불안정했고 그가 걸을 때마다 모자 끝에 달린 방울이 딸랑거렸다.

"술통은?" 그가 말했다.

"더 안쪽이야." 나는 말했다. "그런데 저기 동굴 벽에 하얗게 반짝이는 거미줄 좀 봐."

그는 나를 향해 돌아서서 취기에 젖어 반들거리는 눈동자로 내 눈을 바라보았다.

"초석이라고?" 마침내 그가 물었다.

"초석이야." 나는 대답했다. "그 감기는 얼마나 오래 앓았나?"

"콜록! 콜록! 콜록!—콜록! 콜록! 콜록!—콜록! 콜록! 콜록!—콜록! 콜록! 콜록!—콜록! 콜록! 콜록!"

불쌍하게도 친구는 한참 동안 대답을 하지 못했다.

"아무것도 아냐." 마침내 그가 말했다.

"가지." 나는 단호히 말했다. "돌아가자고. 자네 건강이 더 소중해 자네는 부자에 다들 존경하고 우러르며 사랑하는 사람인데. 자넨 행복하지, 내가 예전에 그랬듯이. 없어선 안 될 사람이고. 돌아가자. 이러다 병나면 나는 책임 못 져. 게다가 루케시가 있으니……."

"됐어." 그가 말했다. "기침은 별거 아냐. 안 죽어. 기침으로 죽진 않는다고."

"그래, 그래." 나는 대답했다. "의도적으로 괜히 자네를 겁주려 했던 것은 아니야. 하지만 조심은 해야 하니까. 이 메독 와인 한 잔이면 습기를 몰아낼 수 있을 거야."

나는 틀 위에 길게 줄지어 있는 와인병 중 하나를 땄다.

"마셔." 나는 그에게 와인을 내밀며 말했다.

그는 조소를 띤 입가로 병을 가져갔다. 그러다 잠깐 멈추고는 내게 익숙하게 고개를 끄덕이자 방울이 딸랑딸랑 소리를 냈다.

"우리 곁에 묻혀 잠든 분들을 위하여." 그가 말했다.

"그리고 자네의 장수를 위하여."

그는 다시 내 팔을 잡았고 우리는 계속해서 나아갔다.

"이 지하실은 대단히 넓군."

"몬트레소 집안은 위대하고 대가족이었으니까." 나는 대답했다.

"자네 집안 문장을 잊어버렸는데."

"하늘색 바탕에 황금색의 커다란 사람 발이야. 그 발이 뱀을 짓밟고 있고, 뱀의 송곳니는 발뒤꿈치에 박혀 있지."

"그리고 좌우명은?"

"내게 도전하면 무사하지 못하리라."

"좋은데!" 그가 말했다.

와인 한잔으로 그의 눈이 반짝였고 방울이 딸랑거

렸다. 내 상상력도 메독으로 달아올랐다. 우리는 해골들이 겹겹이 쌓여 있고 갖가지 술통들이 어우러진 긴 벽을 지나, 지하묘지 제일 깊은 곳으로 들어섰다. 나는 다시 멈춰 서 이번에는 대범하게 포르투나토의 팔뚝을 잡았다.

"초산이야!" 나는 말했다. "저기 봐, 늘어났지. 지하실에 이끼처럼 자라나거든. 여기는 강바닥 아래야. 뼈 틈새로 물기가 흘러내리지. 자, 너무 늦기 전에 돌아가자고. 자네 기침이……."

"아무것도 아니래도." 그가 말했다. "가자고. 하지만 먼저 메독 한 모금 더 마시고."

내가 드 그라브 와인을 한 병 따서 건네자 그는 단숨에 비웠다. 강렬한 불빛에 그의 눈이 번뜩였다. 그는 껄껄 웃더니 나로선 알지 못할 손짓으로 병을 위로 던졌다.

나는 놀라 그를 쳐다보았다. 그는 그 손짓을 되풀이했다. 괴기한 동작이었다.

"이거 모르나?" 그가 말했다.

"모르는데." 나는 대답했다.

"그럼 회원이 아니군."

"무슨?"

"프리메이슨이 아니라고."

"맞는데, 맞아." 나는 말했다. "맞다고."

"자네가? 말도 안 돼! 메이슨이야?"

"메이슨mason, 석공이지." 나는 대답했다.

"표식을 보여 봐." 그가 말했다. "표식."

"이거야." 나는 대답하고 외투 자락 아래에서 흙손을 꺼냈다.

"농담도 잘하네." 그가 몇 걸음 물러나며 외쳤다. "아무튼 아몬틸라도 있는 데로 가자고."

"그러지." 나는 말하고 도구를 외투 아래 도로 집어넣고, 다시 그에게 팔을 내밀었다. 그는 몸무게를 실어 기대왔다. 우리는 아몬틸라도를 찾아 계속 나아갔다. 낮은 아치를 여럿 지나 내려가고, 지나고, 다시 내려가 깊은 토굴에 이르렀다. 공기가 나빠 횃불이 타오르기보단 일렁였다.

토굴의 제일 깊은 곳에는 더 좁은 공간이 또 있는 듯했다. 그 벽은 파리의 카타콤처럼 유골들이 줄지어 꼭대기까지 쌓여 있었다. 토굴의 삼면 벽은 모두 그런 식으로 장식되어 있었다. 네 번째 벽은 뼈가 흩어져 아무렇게나 바닥에 널려 있어 그중 한 곳은 웬만한 크기의 더미가 무더기를 이루고 있었다. 뼈가 치워지고 드러난 그 벽에는 깊이와 폭이 각각 1미터, 높이 2미터 정도의 토굴이랄지 벽감 같은 것이 보였다. 그 자체는 별다른 목적 없이 지어진 듯했으나 지하 무덤 기둥 두 개 사이에 공간을 이루고 있었고, 단단한 화강암 벽이 그 뒤를 막고 있었다.

포르투나토는 흐릿한 횃불을 들어 벽감 안쪽을 비

춰보려 했으나 허사였다. 그 힘없는 불빛 가지고는 아무 것도 볼 수 없었다.

"가지." 나는 말했다. "이 안에 아몬틸라도가 있어. 루케시는……."

"무식쟁이야." 내 친구는 말을 자르고는 비틀비틀 앞으로 나아갔고, 나는 즉시 그 뒤를 따랐다. 이내 그는 벽 틈새 끝에 이르러 바위에 앞이 막힌 것을 발견하고는 어찌할 바를 모른 채 멍청하니 서 있었다. 다음 순간 나는 그에게 화강암에 연결된 차꼬를 채웠다. 화강암 벽에는 고정쇠 두 개가 가로로 60센티미터 정도 사이를 두고 박혀 있었다. 한쪽에는 짧은 쇠사슬이, 다른 한쪽에는 자물쇠가 달려 있었다. 그의 허리께에 사슬을 두르고 잠그기까지 몇 초밖에 걸리지 않았다. 그는 너무 놀라 저항조차 하지 못했다. 열쇠를 빼내고 나는 벽감에서 물러났다.

"손으로 벽을 만져봐." 나는 말했다. "초석이 느껴질걸. 정말로 아주 축축해. 한 번 더 돌아가자고 부탁할게. 싫어? 그럼 그냥 두고 가야겠는데. 하지만 우선 내 힘 닿는 데까지 세세히 신경을 써줘야겠군."

"아몬틸라도는!" 아직 경악에서 회복하지 못한 친구의 입에서 말이 튀어나왔다.

"그래." 나는 대답했다. "아몬틸라도."

그 말을 하며 나는 앞서 언급한 뼈 무더기 사이에서 바삐 움직였다. 그 뼈들을 치워버리자 곧 상당한 양의 벽돌과 회반죽을 찾아낼 수 있었다. 그 재료를 가지고 내 흙손을 사용해 부지런히 그 벽감 앞에 벽을 쌓아 올리기 시작했다.

첫 줄을 다 쌓기도 전에 포르투나토의 취기가 거의 깨어났음을 알았다. 제일 첫 번째 신호는 벽감 깊숙이에서 들려오는 낮게 신음하는 외침이었다. 취한 사람의 외침이 아니었다. 그러더니 길고 끈질긴 침묵이 흘렀다. 나는 두 번째 줄 벽돌을 쌓았고, 셋째, 넷째 줄을 쌓아 올렸다. 그러다 쩔렁거리는 성난 쇠사슬 소리가 들렸다. 소리는 몇 분 동안 계속되었고, 그동안 나는 일손을 놓고 뼈 무더기 위에 앉아 서서히 차오르는 만족감에 귀를 기울였다. 마침내 쩔그렁 소리가 사그라지자 나는 다시 흙손을 들었고, 지체하지 않고 다섯째, 여섯째, 일곱째 줄을 쌓았다. 벽은 이제 거의 내 가슴께까지 왔다. 나는 다시 손길을 멈추고 쌓은 벽 위로 횃불을 들어 그 안쪽에 있는 사람에게 희미한 불빛을 비추었다.

크고 새된 비명이 연달아 쇠사슬에 묶인 형체의 목에서 갑자기 터져 나와 나를 홱 떠밀치는 듯했다. 짧은 순간 나는 주저하고, 몸을 떨었다. 검을 뽑아 들어 그걸로 안쪽을 더듬거리기 시작했다. 하지만 순간 든 생각에 안심이 되었다. 단단한 지하 묘지 벽을 손으로 만져보니 마음이 놓였다. 나는 다시 벽으로 다가가 아우성치는 그의 고함에 응답했다. 마주 외치고, 거들고, 소리 크기와 기세 면에서 압도했다. 그러자 아우성이 잦아들었다.

이제 자정이 되었고 하던 작업도 끝나갔다. 여덟째, 아홉째, 열째 줄을 마무리 지었다. 마지막 열한 번째 줄도 끝냈다. 회반죽을 바를 돌이 딱 하나 남았다. 나는 그 무게에 휘청거렸으나 정해진 자리에 맞춰 끼워 넣었다. 하지만 그때 안에서 들려온 낮은 웃음소리에 머리털이 곤두섰다. 뒤이어 슬픈 목소리가 흘러나왔다. 고귀한 포르투나토의 목소리라고 생각하기 어려웠다. 그 목소리는 말하고 있었다.

"하! 하! 하! 히! 히! 히! 아주 웃긴 농담이야, 정말로. 훌륭한 장난이네. 집에 올라가서 한참 웃을 수 있겠는걸. 히! 히! 히! 와인을 마시면서 말이야. 히! 히! 히!"

"아몬틸라도!" 내가 말했다.

"히! 히! 히! 히! 히! 히! 그래, 아몬틸라도. 하지만 시간이 늦었지 않나? 사람들이 집에서 우릴 기다릴 텐데. 포르투나토 부인과 다들? 가자고."

"그래." 나는 말했다. "가자고."

"제발, 몬트레소!"

"그래." 나는 말했다. "제발!"

귀를 기울였지만 그 말에 대꾸하는 소리는 들리지 않았다. 나는 초조해져서 크게 불렀다.

"포르투나토!"

아무 대답이 없었다. 다시 불렀다.

"포르투나토!" 여전히 대답은 없었다. 남은 틈새로 횃불을 던져넣어 안으로 떨어뜨렸다. 그에 돌아온 것은 딸랑딸랑 방울 소리뿐이었다. 가슴이 무거워졌다. 지하 묘지의 습기 때문이었다. 나는 서둘러 작업을 마쳤다. 마지막 돌을 억지로 제자리에 끼워 넣고 회반죽을 발랐다. 새로 쌓은 벽 앞에 오래된 유골을 다시 쌓아 올렸다. 반백 년 동안 그들을 방해한 자는 아무도 없었다. 명복을 빕니다!

—1846

절름발이 개구리

왕만큼 농담을 밝히는 사람을 나는 본 적이 없다. 왕은 농담하기 위해 살아가는 듯했다. 재미있는 농담을 잘 살려서 들려주는 것이야말로 왕의 총애를 얻는 가장 확실한 방법이었다. 그리하여 대신 일곱 명 모두 농담하는 재주가 뛰어나기로 유명했다. 다들 왕을 닮아 크고 뚱뚱하며 기름기가 번들거릴 뿐만 아니라, 누구도 따라잡을 수 없는 농담꾼들이었다. 농담을 잘해서 뚱뚱해진 건지, 아니면 비만의 무언가가 농담을 이끌어 낸 것인지 단정할 수 없다. 하지만 확실한 건 마른 농담꾼은 보기 드물다는 것이다.

고상함, 또는 왕의 말을 빌리자면 재치의 '혼령'에 대해서는 왕은 거의 신경 쓰지 않았다. 왕은 특히 농담의 '폭'을 중시하여 그게 받쳐준다면 '길이'는 참아 넘길 때가 많았다. 과하게 섬세한 것은 질려 했다. 왕은 볼테르의 《자디그》보다는 라블레의 《가르강튀아》를 선호했다. 전반적으로 말장난보다는 짓궂은 장난이 훨씬 더 그의 취향에 맞았다.

내 이야기 속의 시절엔 궁전의 전문 어릿광대가 완전히 유행의 뒤안길로 사라지기 전이었다. 대륙의 여러 강국은 여전히 광대를 두고 있었다. 알록달록한 옷과 방울 달린 모자 차림에 말만 떨어지면 당장에라도 예리한 재치를 발휘할 준비가 늘 되어 있어야 했으나, 받는 대접이라곤 겨우 왕궁의 식탁에서 떨어지는 부스러기 정도였다.

왕 역시 '광대'를 두고 있었다. 사실 왕은 우스꽝스러운 종류의 재치를 요구했다. 그의 현명한 일곱 대신, 그리고 왕 자신의 중후한 지혜와 균형을 맞추기 위해서라도.

하지만 왕의 어릿광대는 멍청이가 아니었다. 왕의 입장에서 보면 광대의 가치는 세 배는 더 되었는데, 난쟁이에다가 절름발이였기 때문이다. 그 시절 궁정에는 난쟁이가 광대만큼 흔했다. 그리고 많은 왕족이 함께 웃을 익살꾼이자 또한 웃음거리인 난쟁이 없이는 긴 하루(궁정에서는 그 어디보다 하루가 길었다)를 보내기 힘겨워했다. 하지만 앞서 언급했듯이 광대는 백에 아흔아홉은 뚱뚱하고 둥글둥글하니 거추장스러운 체격을 지니고 있었다. 그러므로 절름발이 개구리(그게 광대의 이름이었다)는 세 가지 덕목을 한 몸에 갖추고 있었으니 왕에게 있어 이만저만한 기쁨의 원천이 아니었다.

'절름발이 개구리'라는 이름은 난쟁이가 세례식에서 받은 이름은 아닌 것으로 알고 있으며, 다른 사람들처럼 멀쩡히 걷지 못한다는 이유로 여러 대신들의 의견 일치로 붙여진 이름이었다. 사실 절름발이 개구리는 폴짝 뛰는 것과 몸부림 사이 어디쯤의 걸음으로 나아갔으며, 그 움직임은 왕에게 무한한 즐거움과 당연히 위안이 되었다. 왜냐하면 궁정에서 왕은 훌륭한 풍채의 소유자(비록 배는 불룩 나오고 체질상 머리가 컸지만)로 여겨졌기 때문이다.

비록 절름발이 개구리가 길이나 바닥에서는 뒤틀린 다리로 아주 고통스럽고 힘들게 움직일 수밖에 없다 해도, 다리의 기형에 대한 보상으로 자연이 그의 팔에 내린 듯한 비범한 근력 덕분에 나무든 밧줄이든 붙잡고 올라가는 것이라면 놀라운 민첩성으로 수많은 재주를 부릴 수 있었다. 그런 재주에선 개구리보다는 다람쥐, 또는 작은 원숭이를 훨씬 더 많이 닮았다.

절름발이 개구리가 원래 어느 나라 출신인지는 정

확히 알지 못한다. 아무도 들어본 적 없는 지방의 어느 야만적인 종족 출신으로 왕의 궁정에서는 한참 멀리 떨어진 곳에 있었다. 절름발이 개구리, 그리고 그보다는 훨씬 덜 난쟁이 같은 소녀(훌륭한 비율을 갖추었고 놀라운 무용수긴 했지만)는 승승장구하던 왕의 한 장군에 의해 이웃한 지역에 있는 각자의 고향에서 억지로 끌려와 왕에게 선물로 바쳐졌다.

이런 상황에서 조그만 두 포로 사이에 유대감이 생겨난 것은 이상한 일이 아니었다. 둘은 곧 절친한 친구가 되었다. 절름발이 개구리는 재치가 넘치긴 했지만 인기가 있다고는 할 수 없었고, 트리페타에게 호의를 제공할 처지도 아니었다. 하지만 소녀는 그 우아함과 빼어난 아름다움으로(비록 난쟁이지만) 많은 감탄과 칭찬을 한몸에 받았다. 그래서 소녀에겐 큰 영향력이 있었으며, 가능하다면 언제든 절름발이 개구리를 위해 영향력을 행사했다.

뭐였는지는 지금은 잊었지만 어느 큰 국가 행사에서 왕은 가장무도회를 열기로 했고, 가장무도회나 그런 종류의 행사가 우리 궁정에서 있을 때면 언제든 절름발이 개구리와 트리페타가 불려가 재주를 발휘했다. 특히 절름발이 개구리는 가면무도회를 위해 행렬을 준비하고, 기발한 인물을 제안하고, 의상을 준비하는 데 있어 무척이나 창의성이 넘쳐 그의 도움 없이는 아무것도 진행되지 않는 듯했다.

드디어 축제의 밤이 찾아왔다. 트리페타의 눈앞에 눈부시게 꾸민 무도회장이 펼쳐졌고, 가장무도회를 위해 온갖 장식이 동원되었다. 온 궁정이 기대감에 달아올라 있었다. 의상과 역할에 대해선 어느 시점에 무엇을 할지 모두 결정해두었다고 봐도 무방했다. 많은 이들이 일주일, 심지어는 한 달 전에 마음을 정했고(어떤 인물로 분장을 할 것인지), 사실 왕과 일곱 대신을 제외하면 아직 정하지 못한 사람은 아무도 없었다. 그들이 왜 미루었는지는 알 수 없지만 일종의 장난이었는지도 모른다. 너무 뚱뚱해서 마음을 정하기 어려웠을 가능성이 아마 더 클 것이다. 모든 행사가 그렇듯 시간은 쏜살같이 흘러갔고, 왕은 마지막 수단으로 트리페타와 절름발이 개구리를 불러들였다.

작은 두 친구가 왕의 부름을 받아 가보니 왕은 일곱 명의 내각 대신들과 함께 와인을 마시고 있었다. 하지만 왕은 기분이 아주 나빠 보였다. 그는 절름발이 개구리가 와인을 좋아하지 않는다는 것을 알고 있었다. 그 불쌍한 절름발이는 와인을 마시면 거의 미칠 지경으로까지 흥분했고, 그 광기가 영 불편했다. 하지만 왕은 장난치기를 좋아했고, 절름발이 개구리에게 억지로 술을 먹이고 (왕의 표현을 빌리자면) '즐거워하는' 모습을 보며 재미있어했다.

"어서 와라, 절름발이 개구리." 어릿광대와 그의 친구가 들어서자 왕이 말했다. "여기 없는 네 친구들의 건강을 위해 한잔하고[여기서 절름발이 개구리는 한숨을 쉬었다], 우리에게 네 발상을 들려다오. 우린 아주 기발한 상식을 깨는 인물을 원해. 끝없이 반복되는 똑같은 것에는 이제 질려버렸어. 어서, 마셔! 술기운에 네 재치가 깨어날 것이다."

절름발이 개구리는 늘 그렇듯 왕의 제의에 농담으로 대꾸하려 애썼다. 하지만 너무 힘들었다. 어쩌다 보니 그날은 불쌍한 난쟁이의 생일이었고, '여기 없는 친구들'을 위해 한잔하라는 명령에 그의 눈에는 눈물이 고였다. 폭군에게서 공손히 받아든 술잔에 그의 크고 쓰디쓴 눈물방울이 뚝뚝 떨어졌다.

"아! 하! 하! 하!" 폭군은 우렁차게 웃음을 터트렸고, 난쟁이는 마지못해 잔을 비웠다. "좋은 와인 한 잔의 효과가 얼마나 좋으냐! 봐라, 네 눈이 벌써 반짝이는데!"

불쌍한 사람! 난쟁이의 커다란 눈은 반짝인다기보다 번뜩거렸다. 흥분하기 쉬운 그의 뇌에 금세 술기운이 돈 것이다. 난쟁이는 초조하게 잔을 테이블에 놓고 반쯤 정신 나간 눈길로 자리에 있는 이들을 둘러보았다. 다들 왕의 '장난'이 성공한 것에 대단히 즐거워하는 듯했다.

"이제 본론으로 들어가시지요." 아주 뚱뚱한 체격의 총리가 말했다.

"그래." 왕이 말했다. "자, 절름발이 개구리, 우리에게 도움을 다오. 역할, 우리에겐 역할이 필요해. 우리 모두. 하! 하! 하!" 그리고 이건 진지하게 농담한 것이었기에 왕의 웃음에 일곱 대신의 웃음이 뒤따랐다.

절름발이 개구리 역시 웃긴 했으나 약간 힘이 없고 어딘가 공허해 보였다.

"자, 자." 왕이 성마르게 다그쳤다. "뭐 제안할 것이 없느냐?"

"뭔가 기발한 것을 생각하려 노력하는 중입니다." 난쟁이는 술기운에 넋이 나가 멍하니 대꾸했다.

"노력이라고!" 폭군이 격분하여 고함쳤다. "그게 무슨 소리냐? 아, 알겠다. 기분이 부루퉁해서 와인을 한잔 더 마시고 싶다는 거구나. 자, 마셔라!" 그러면서 왕은 한잔 더 그득히 따라 절름발이에게 내밀었고, 그는 가쁜 숨을 쉬며 그것을 멍하니 바라보기만 했다.

"마시라니까!" 괴물이 외쳤다. "아니면 내 맹세코……."

난쟁이는 주저했다. 왕은 분노로 얼굴이 시뻘게졌고, 신하들은 히죽거렸다. 트리페타는 죽은 사람처럼 창백해져서 왕좌로 다가가 무릎을 털썩 꿇고 친구를 용서해주십사 애원했다.

폭군은 트리페타의 대담한 행동에 어이없다는 기색으로 잠시 그녀를 살펴보았다. 왕은 어떻게 해야 할지,

뭐라 해야 할지— 어떻게 자신의 분노를 가장 적절하게 표현해야 할지 모르는 듯했다. 마침내 한마디 말도 없이 왕은 그녀를 홱 떠밀치고 잔에 찰랑찰랑 담긴 술을 그녀의 얼굴에 흩뿌렸다.

불쌍한 소녀는 간신히 일어나 감히 한숨조차 쉬지 못하고 테이블 말단의 자기 자리로 돌아갔다.

삼십 초쯤 죽음과도 같은 정적이 흘렀다. 잎새나 깃털 하나 떨어지는 소리조차 들릴 정도였다. 그 정적은 낮지만 거칠고 득득 가는 소리로 인해 깨어졌고, 사방에서 동시에 들려오는 듯했다.

"뭐— 뭐— 뭣 때문에 그런 소리를 내느냐?" 왕은 분노하여 난쟁이를 돌아보며 다그쳤다.

난쟁이는 취기가 깬 듯했고, 폭군의 얼굴에 시선을 고정한 채 대뜸 이렇게 말했다.

"저, 저 말씀입니까? 그게 어떻게 저일 수 있겠습니까?"

"바깥에서 나는 소리 같습니다." 대신 중 한 명이 말했다. "창가의 앵무새가 새장 창살에 부리를 가는 소리 아닐까요."

"그렇지." 왕은 그 짐작에 마음이 놓인 것처럼 대답했다. "하지만 명예를 걸고 말하는데 이 쓸모없는 놈이 꼭 이를 가는 소리 같았다니까."

여기서 난쟁이는 웃음을 터트렸고(왕은 누구든 웃

는 이에게는 시비를 거는 법이 없는 확고한 웃음꾼이었다) 크고 억세며 아주 혐오스러운 이를 드러냈다. 게다가 얼마든지 와인을 마시겠다며 열의를 드러냈다. 왕은 누그러졌다. 그리고 별다른 일 없이 또 한 잔을 훌쩍 비운 후 절름발이 개구리는 신이 나서 즉시 가장무도회 계획을 펼쳐 보였다.

"어쩌다 이런 생각이 떠올랐는지는 모르겠습니다." 그는 마치 평생 술이라곤 한 모금도 마셔본 적 없는 듯 차분하게 말했다. "하지만 전하께서 저 아이를 때리고 얼굴에 와인을 끼얹은 직후, 전하께서 그렇게 하신 직후, 그리고 창밖에서 앵무새가 그 희한한 소리를 내는 사이, 대단한 유흥거리가 뇌리에 떠올랐습니다. 제 조국의 놀이로, 저희 가면무도회에서 종종 행하는 것이나 여기에서는 그야말로 새로울 것입니다. 그러나 불행히도 이걸 하려면 여덟 사람이 필요하고……."

"여기 있구나!" 왕은 그 우연의 일치를 바로 발견한 것에 대견해하며 웃으면서 외쳤다. "정확히 여덟 명이야. 나와 일곱 대신. 자! 그 유흥은 무엇이냐?"

"여덟 마리 오랑우탄이라고 합니다." 절름발이가 대답했다. "그리고 제대로만 하면 정말로 대단한 오락거리가 되지요."

"우리가 제대로 해낼 것이다." 왕은 이렇게 말하면서 몸을 바로 세우고 눈꺼풀을 내리깔았다.

"이 놀이의 가장 근사한 점은 여성들을 놀라게 하는 데 있지요." 절름발이 개구리가 말을 이었다.

"훌륭하군!" 왕과 신하들이 입을 모아 외쳤다.

"여러분을 오랑우탄으로 분장시킬 것입니다." 난쟁이가 계속해서 말했다. "다 제게 맡기십시오. 꼭 빼닮은 모습이라 가장무도회 참석자들은 진짜 짐승인 줄 알 겁니다. 그리고 물론 놀랄 뿐만 아니라 공포에 질리겠지요."

"아, 이거 굉장한데!" 왕이 외쳤다. "절름발이 개구리! 이제부터 너를 제대로 된 남자로 대해주지."

"쇠사슬이 철컹거리는 소리는 혼란을 가중시키기 위한 목적입니다. 여러분이 무리 지어 감시자에게서 탈출한다는 설정이지요. 가장무도회에서 대부분의 사람이 진짜라고 여길, 사슬로 묶인 오랑우탄 여덟 마리가 들이닥쳐 야만스러운 소리를 질러대며 곱고 화려하게 차려입은 신사 숙녀 사이로 돌진하면 어떤 효과를 자아낼지 상상도 못 하실 겁니다. 그 대조는 비할 바가 없지요."

"분명 그렇겠군." 왕은 말했고, 대신들은 다급히 일어나(시간이 다 되어가고 있었으므로) 절름발이 개구리의 계획을 실행에 옮기러 갔다.

오랑우탄으로 꾸미기 위한 절름발이의 방법은 아주 간단했지만, 그 목적을 고려하면 매우 효과적이었다. 이 이야기의 시대에 문제의 그 동물은 문명 세계에서는 거의 모습을 드러낸 적이 없었다. 그리고 난쟁이가 만든 가장은 충분히 짐승 같았고 상당히 흉측해서 실물과의 유사성은 넘어갈 수 있었다.

왕과 장관들은 먼저 딱 맞는 면 속옷 상하의를 입었다. 그런 다음 타르를 온몸에 발랐다. 이 단계에서 일행 중 누군가가 깃털을 제안했다. 하지만 난쟁이는 그 제안을 각하하고, 직접 실물을 보여주며 오랑우탄 같은 짐승의 털은 아마 섬유로 하는 게 훨씬 더 효과적으로 표현된다고 여덟 명을 설득했다. 그리고 아마 섬유를 타르 바른 위에다 두껍게 씌웠다. 이제 긴 쇠사슬이 동원되었다. 먼저 사슬로 왕의 허리를 감고 묶었다. 그런 다음 다른 대신의 허리를 감고 또 묶고, 그다음 연이어 같은 식으로 전부 묶었다. 사슬 준비가 끝나자 사람들은 서로 가능한 한 거리를 두고 둥글게 모여 섰다. 모든 것을 자연스럽게 보이게끔 요즈음 보르네오에서 침팬지나 큰 유인원을 묶을 때 쓰는 방식으로 절름발이 개구리가 남은 쇠사슬로 두 번 가로질러 원으로 엮었다.

가장무도회가 열릴 대연회실은 원형으로 천장이 아주 높고 꼭대기에 있는 하나뿐인 창으로만 햇빛이 들어왔다. 밤에는(특히 이때를 위해 그렇게 설계되었다) 천창 중앙에 달린 커다란 샹들리에 하나가 주로 실내를 밝혔고, 평소 추를 이용하여 올리고 내릴 수 있었다. 하지만 (보기 거슬리지 않게 하려) 이 추는 천창 밖으로 해서 지붕 위에 올려두었다.

연회실 준비는 트리페타가 감독을 맡았다. 하지만 몇몇 부분은 친구인 난쟁이의 침착한 판단에 맡긴 듯했다. 그의 제안에 따라 이번 행사에서 샹들리에는 치워두었다. 촛농이 녹아내려(이렇게 더운 날씨에서는 방지하기가 불가능하다) 손님들의 값진 의상을 심각하게 망쳐놓을 터였고, 연회실 안이 붐비니 그 중앙 샹들리에 아래를 비워놓을 수도 없는 일이었다. 연회실 곳곳에 걸리적거리지 않게 추가로 촛대를 놓았고, 벽 앞에 늘어선 여인상 모양의 기둥 오륙십 개는 오른손에 전부 달콤한 향이 나는 횃불을 들고 있게 했다.

여덟 마리의 오랑우탄은 절름발이 개구리의 조언에 따라 자정까지(가장무도회 참석자들로 연회실이 가득 채워질 때까지) 인내심 있게 기다렸다가 마침내 등장했다. 시계 종소리가 멎자마자 그들은 다 함께 달려들어갔다. 아니 그보단 굴러 들어갔다는 쪽에 더 가까울 것이 사슬에 몸이 얽매여 일행 대부분이 넘어졌고, 다들 비틀거리며 들어섰기 때문이다.

가장무도회 참석자들의 놀라움은 어마어마했고, 왕의 가슴에는 희열이 가득 차올랐다. 그 사납게 생긴 것들을 정확히 오랑우탄이라고 여기진 않았을지 모르지만, 실제 짐승이 아니라고 짐작한 손님은 예상했던 대로 거의 없었다. 많은 여성은 공포로 혼절했다. 그리고 왕이 연회장에 모든 무기를 치우도록 조처하지 않았더라면 왕의 일행은 이 장난을 곧 피로 속죄해야 했을 것이다. 대다수가 문을 향해 돌진했다. 하지만 왕은 본인이 입장한 직후 문을 닫아걸도록 명령을 내려두었고, 난쟁이의 조언에 따라 열쇠를 그에게 맡겨두었다.

한창 소란이 일고 있을 때, 그리고 가장무도회 참석자들이 다들 제 안위에만 신경 쓰고 있는 사이(사실 흥분한 인파가 밀려들어 진짜 위험했다) 보통 샹들리에를 매달아두나 지금은 치워두었던 쇠사슬이 슬슬 내려와서는 그 갈고리 끝이 바닥에서 1미터 높이쯤 와서 멈추었다.

그리고 얼마 후 왕과 일곱 명의 대신은 사방팔방 연회실을 돌다가 마침내 그 중앙에 위치하게 되었고, 물론 즉시 그 쇠사슬에 걸릴 수 있는 자리였다. 그들이 거기 다다르자 그 뒤를 바싹 뒤따르며 소란을 일으키도록 유도하던 난쟁이는 그들을 엮은 사슬이 두 번 원을 가로지르며 중앙에서 교차된 부분을 붙잡았다. 그리고 번개같이 샹들리에를 걸게 되어 있는 갈고리를 거기에 걸었다. 그러자 즉시 보이지 않는 힘에 의해 사슬은 위로 훌쩍 올라가며 고리를 손이 닿지 않는 곳으로 끌어올렸고, 필연적으로 오랑우탄 무리는 서로 바싹 맞붙은 채 얼굴을 맞대고 들어 올려졌다.

그때쯤 가장무도회 참석자들은 어느 정도 놀란 가슴을 가라앉히고는 진정하고 있던 참이었다. 그리고 그 모든 상황을 잘 꾸민 놀이로 여기기 시작해 유인원들의 난감한 상황에 크게 웃어댔다.

"놈들은 제게 맡기세요!" 절름발이 개구리가 외쳤고, 그의 날카로운 목소리는 그 소란스러운 중에도 또렷하게 들렸다. "제게 맡기세요. 아는 자들 같습니다. 제대로 살펴보면 누군지 금방 알아볼 수 있을 겁니다."

북적거리는 인파 앞으로 나선 그는 벽으로 다가갔다. 여인상 손에서 횃불을 하나 내려서 돌아온 그는 연회실 중앙으로 나아가 원숭이처럼 날렵하게 펄쩍 뛰어 왕 일행의 머리 위로 뛰어올라 쇠사슬을 몇 센티미터 기어오르더니 오랑우탄 무리를 살피려 횃불을 들이대며 소리 질렀다. "곧 네놈들의 정체를 밝힐 것이다!"

그리고 이제 전원이(유인원들을 포함하여) 웃음을 터트리고 있는 사이 갑자기 어릿광대가 날카롭게 휘파람을 불자 쇠사슬이 위로 10미터쯤 확 올라가며 몸부림치는 오랑우탄 무리가 천창과 바닥 사이 허공에 대롱대롱 매달리게 되었다. 쇠사슬이 올라가는 사이 거기 매달려 있던 절름발이 개구리는 여전히 여덟 명의 가장꾼들 위에 자리하고 있었고, 여전히 (아무 일도 없다는 듯이) 그들의 정체를 밝히려는 듯 횃불을 들이대고 있었다.

쇠사슬이 올라가는 통해 전원이 화들짝 놀라 일 분가량 죽은 듯한 정적이 흘렀다. 그 정적은 낮고 거칠며 드득 가는 듯한 소리에 의해 깨졌다. 왕이 트리페타의 얼굴에 와인을 끼얹었을 때 왕과 신하들의 주의를 끌었던 바로 그 소리였다. 하지만 이번에는 그 소리가 어디서 나는지 의심할 여지가 없었다. 짐승의 엄니 같은 난쟁이의 이에서 나는 소리로, 그는 이를 으득으득 갈며 입에는 거품을 물고 광기 어린 분노의 표정으로 왕과 일곱 신하의 얼굴을 노려보고 있었다.

"아하!" 성난 어릿광대가 드디어 말했다. "아하! 이들이 누군지 드디어 알겠군요!" 여기서 왕을 좀 더 자세히 살피는 척하며 그는 왕을 둘러싼 아마 섬유에 횃불을 가져다 댔고, 즉시 화르륵 불이 붙었다. 삼십 초도 안 되어 여덟 마리 오랑우탄은 전부 활활 불타올랐고, 아래에서 쳐다보던 이들의 공포에 질린 비명이 울려 퍼졌으나 어찌할 수가 없었다.

성난 불길에 어릿광대는 쇠사슬 위로 더 기어 올라가 사람들에게서 멀어져갔다. 그리고 그가 올라가는 사이 군중은 다시금 짧은 정적에 빠져들었다. 난쟁이는 그 기회를 틈타 다시 입을 열었다.

"이제 확실히 보입니다." 그가 말했다. "이 가장꾼들이 어떤 자들인지. 위대한 왕과 일곱 대신이군요. 무력한 소녀를 거리낌 없이 후려치는 왕과 분노한 왕을 부추기는 일곱 신하 말입니다. 저는 그저 어릿광대인 절름발이 개구리일 뿐이고 이것이 제 마지막 농담입니다."

타르와 거기 붙은 아마 섬유의 높은 가연성 탓에 난

쟁이가 그 짧은 연설을 채 마치기도 전에 복수는 완성되었다. 여덟 구의 시신은 사슬에 매달린 채 시커멓고 끔찍하게 더는 구분할 수 없을 만큼 한 덩어리가 되어 악취를 풍겼다. 절름발이는 그들을 향해 횃불을 내던지고 느긋하게 천장까지 기어 올라가 천창을 통해 사라졌다.

연회실 위 지붕에 진을 치고 있던 트리페타는 친구의 불타는 복수극을 돕고 함께 고국으로 도망친 것으로 추정되고 있다. 다시는 그들의 모습을 볼 수 없었기 때문이다.

—1849

● 장애나 인종 등 사회적 약자에 대한 올바르지 못한 표현이 사용된 점에 양해를 구합니다.

문득

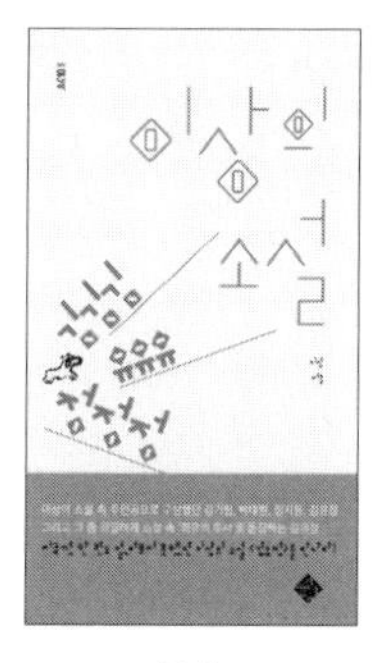

001

002

다들 한번쯤은 읽어봤던 작가지만
아직 한 번도 읽어보지 못한 소설!

모든 위대한 작가들의 작품은 작가의 다른 작품, 그러나 우리가 잘 알지 못하는 작품을 흔적으로 가지고 있다. 우리가 작가의 대표작이 아닌, 한 번도 읽어보지 못한 작품을 읽는 일은 이 흔적을 만나는 일이며, 이들 작가와 작품을 더 잘 이해할 수 있는 경험을 우리에게 선사해준다.
문득 시리즈는 시대를 초월해 문학 독자들이 가장 사랑하는 작가들을 다시 호출해 누구나 알고 있지만 한 번도 읽어보지 못했던 새로운 글文을 얻을 수 있는得 기회를 제공함으로써 작가를 더 잘 사랑할 수 있는 경험을 공유할 수 있도록 하고자 기획하였다.

- 001 이상의 소설 | 김유정
- 002 프란츠 카프카의 소설 | 가수 요제피네 혹은 쥐의 족속
- 003 에드거 앨런 포 | 일러바치는 심장
- 004 안톤 체호프 | 자고 싶다(출간 예정)
- 005 다자이 오사무 | 비용 지불하는 아내(출간 예정)

◆작가와 출간 순서는 변동이 있을 수 있습니다. 문득 시리즈는 계속 출간됩니다.

옮긴이 **박미영**

이화여자대학교 영어영문학과를 졸업한 후 KBS 방송아카데미 영상번역작가 과정을 수료한 기획자 겸 번역가. 프리랜서로 일하며 다양한 책을 기획하고 번역하고 있다. 옮긴 책으로는《프레셔스》《셜록의 제자》《뉴욕 미스터리》(공역)《밑바닥》《블랙 머니》《우리가 추락한 이유》《누가 죽음을 두려워하는가》 등이 있다.

에드거 앨런 포의 소설

일러바치는 심장

초판 1쇄 발행 2019년 7월 25일

지은이 에드거 앨런 포
옮긴이 박미영
외부기획 이명연
책임편집 원미연
디자인 정계수

펴낸이 김현숙 김현정
펴낸곳 스피리투스/공명
출판등록 2011년 10월 4일 제25100-2012-000039호
주소 121-904 서울시 마포구 월드컵북로 400. 문화콘텐츠센터 5층 7호
전화 02-3153-1378 팩스 02-3153-1377
이메일 gongmyoung@hanmail.net
블로그 http://blog.naver.com/gongmyoung1
ISBN 978-89-97870-36-3 04840
ISBN 978-89-97870-30-1 04800(세트)

이 도서의 국립중앙도서관 출판시도서목록(CIP)은 서지정보유통지원시스템 홈페이지(http://seoji.nl.go.kr)와 국가자료공동목록시스템(http://www.nl.go.kr/kolisnet)에서 이용하실 수 있습니다. (CIP제어번호: CIP2019027456)

숨결, 정신, 마음을 뜻하는 스피리투스는 도서출판 공명의 문학 브랜드입니다.